ANDREAS STAMMKÖTTER

Predigerblut

DAS 5. GEBOT Martin Luther ist der neue Star am Predigerhimmel. Auch seine Veranstaltung in Leipzig ist ausverkauft. Die Stadtverwaltung macht sich große Sorgen, ob alles friedlich abläuft, weil es in der Vergangenheit häufig zu Protest- und Gegenveranstaltungen gekommen ist. Diese werden überwiegend von der konservativen Religionsgemeinschaft MANUS DEI organisiert.

Als es nach Luthers Auftritt zu Gegendemonstrationen kommt, stirbt im Handgemenge ein Mann durch einen Messerstich. Kommissar Kroll und sein Partner Wiggens von der Kripo Leipzig gehen zunächst davon aus, dass die Auseinandersetzungen eskaliert sind. Erste Ermittlungen führen sie jedoch in die Schwarze Szene, denn über Pfingsten findet in Leipzig auch das Wave-Gotik-Treffen statt. Wer steckt hinter der Tat? War das Opfer, Marko Großkreutz, nicht nur zufällig vor Ort? Und welche Rolle spielt der Prediger Martin Luther? Auf Kroll und Wiggens wartet jede Menge Arbeit …

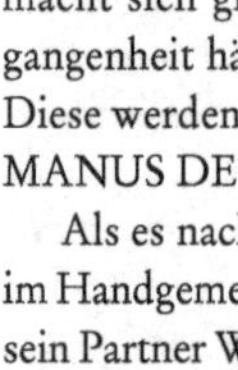

Dr. Andreas Stammkötter, Jahrgang 1962, lebt als Rechtsanwalt in Leipzig. Er war dort viele Jahre Dozent an der Fachschule für Bauwesen und ist Autor zahlreicher Fachveröffentlichungen.

Bisherige Veröffentlichungen im Gmeiner-Verlag:
Totgetrieben (2015)
Goldkehlchen (2013)
Messewalzer (2011)

ANDREAS STAMMKÖTTER

Predigerblut

Kriminalroman

GMEINER SPANNUNG

Besuchen Sie uns im Internet:
www.gmeiner-verlag.de

Im Ehnried 5, 88605 Meßkirch
Telefon 07575/2095-0
info@gmeiner-verlag.de

1. Auflage 2016

Lektorat: Claudia Senghaas, Kirchardt
Herstellung: Julia Franze
Umschlaggestaltung: U.O.R.G. Lutz Eberle, Stuttgart
unter Verwendung eines Fotos von: © M.V. Photography / Fotolia.com
Druck: CPI books GmbH, Leck
Printed in Germany
ISBN 978-3-8392-1921-8

MITTWOCH VOR PFINGSTEN

Karl Altner, der Leipziger Oberbürgermeister, warf genervt die Tageszeitung auf den imposanten Schreibtisch in seinem Dienstzimmer. Auch die große, schwarzumrandete Brille konnte die Strenge in seinem Blick nicht abmildern. Franz Bleck, sein Ordnungsamtsleiter, der ihm gegenübersaß, wusste genau, was seinen Chef störte. Auch er hatte den Artikel im LEIPZIGER TAGEBLATT, der die gesamte zweite Seite einnahm, gelesen.

»Konnten wir denn nicht verhindern, dass dieser Idiot nach Leipzig kommt?«

Franz Bleck war selbstbewusst. Er war 38 Jahre alt und hatte eine erstaunliche Karriere hingelegt: Jurastudium, Angestellter im Ordnungsamt Gelsenkirchen, Leiter Ordnungsamt Zwenkau und schließlich der Posten in Leipzig. Er hielt dem Blick seines Vorgesetzten mühelos stand. »Wir haben leider keine rechtliche Handhabe. Die öffentliche Sicherheit und Ordnung ist nicht gefährdet. Und wir haben Meinungsfreiheit in Deutschland.«

»Und die Gegendemonstranten?«

»Ist bei jeder rechten Kundgebung mindestens genauso schlimm. Von dem Aufwand bei einem Fußballspiel will ich gar nicht erst reden.«

Altner raufte sich die spärlichen grauen Haare, die ihm kurz vor der Pensionierung noch geblieben waren. »Und ausgerechnet in der Arena. Da kommen doch bestimmt 10.000 Leute.«

»Ja, die Arena ist schon seit Langem ausverkauft, obwohl die Eintrittspreise nicht gerade günstig sind. Die billigste Karte kostet 40 Euro, für den VIP-Bereich nimmt der sogar 150.« Bleck mühte sich ein Lächeln ab. »Die Karten gingen weg wie warme Semmeln.«

Altners Laune wurde nicht besser. »Dann macht der Typ auch noch richtig Kohle.«

»Darauf können Sie Gift nehmen. Der verdient nicht nur mit solchen Veranstaltungen, der schreibt auch Bücher ohne Ende. Die meisten sind ganz oben auf den Bestsellerlisten. Und dann die versteckte Werbung: Es ist bestimmt kein Zufall, dass der nur Boss-Klamotten trägt, auf denen der Markenname deutlich erkennbar ist, vor allem bei seinen Fernsehauftritten.«

Karl Altner legte die Brille auf den Schreibtisch und rieb sich die Augen. »Was finden die Leute nur an dem? Ich dachte, Religion ist out. Die Kirchenaustritte nehmen doch ständig zu.«

»Das ist es ja gerade«, antwortete Bleck spontan. »Die Menschen treten aus den Kirchen aus, weil sie unzufrieden mit den Amtskirchen sind. Sexualmoral, Rolle der Frau, langweilige Gottesdienste, Moralpredigten, Steuern und so weiter. Sie treten aus, haben aber ihren Glauben nicht verloren und suchen nach Gemeinschaft oder zumindest Erlebnissen in Gemeinschaft. Das sind die Teiche, in denen Luther fischt. Er nimmt deren enttäuschte Erwartungen auf und erfüllt sie steuerfrei. Der Mann ist rhetorisch ein Genie. Veranstaltungen mit ihm sind extrem kurzweilig und amüsant. Er spricht den Menschen, die zu ihm kommen, aus der Seele. Schauen Sie doch nur nach Amerika. Dort gibt es eine Vielzahl von Predigern wie Martin Luther, mit zum Teil noch größerem Erfolg. Er war lange in den Staaten und hat sich genau angeschaut, wie man dort arbeitet und mit religiösen Themen zum Menschenfänger wird.«

»Heißt der wirklich Martin Luther?«

»Ja, das ist sein richtiger Name. Die Eltern heißen Luther, überzeugte Christen und haben ihren Sohn Martin genannt. Hinzu kommt, dass er auch am 10. November geboren wurde, genauso wie sein berühmter Namensvetter. Und er hat aus seinem Namen eine Berufung gemacht. Nicht ohne Erfolg, wie man sieht. Er stammt übrigens aus ganz ärmlichen Verhältnissen, was er auf jeder seiner Veranstaltungen betont. Seine Eltern hatten angeblich nur einen kleinen Bauernhof, irgendwo in Bayern, und er hatte sieben Geschwister. Ob das mit den ärmlichen Verhältnissen stimmt, darf angezweifelt werden. Da gibt es ganz andere Aussagen aus seiner bayerischen Heimat.«

Altner griff nach seiner Brille und putzte sie mit seiner Krawatte. Dann setzte er sie wieder auf. Er stöhnte leise. »O.K. Dann müssen wir da wohl durch. Was haben Sie unternommen?«

»Wir haben natürlich mit der Polizei ein Sicherheitskonzept erarbeitet. Das Problem ist nicht die Veranstaltung an sich, da kommen nur Besucher rein, die eine Eintrittskarte haben. Natürlich ist auch Security in der Halle, aber wir rechnen dort nicht mit Ärger. Den einschlägigen Foren im Internet nach zu urteilen, sollen am Ende der Veranstaltung massive Gegendemonstrationen stattfinden. Aber ich gehe davon aus, dass wir die Sache im Griff haben. Die Polizei wird die Parkplätze und den Zugang zur Straßenbahn am Sportforum abriegeln. Wir werden die jeweiligen Anhänger strikt trennen. Es sind zwei Hundertschaften vor Ort. Eigentlich dürfte nichts passieren. Ich und meine Leute werden natürlich vor Ort sein.«

Die Worte seines Amtsleiters beruhigten den

Oberbürgermeister nicht. »Wenn ich nur an Limburg in der letzten Woche denke.«

»Limburg war eine besondere Situation, wegen diesem Tebartz van Elst. Da gingen natürlich die Emotionen hoch. Selbstverständlich habe ich mich mit meinem Kollegen in Limburg in Verbindung gesetzt. Wir wissen, welche Fehler gemacht wurden, und wir werden besser vorbereitet sein.«

»Was sind das für Menschen, die gegen diesen Luther so extrem opponieren?«

»Überwiegend konservative Kreise. Gar nicht mal so sehr aus der katholischen Kirche, aber auch. Das ist ein Gemisch aus allen Kreisen, die die herkömmlichen Werte hochhalten, rechte Gruppierungen der politischen Parteien, aber keine Neonazis, Burschenschaften – oder einfach Menschen, die das ständige Geschrei nach Veränderungen und Moderne leid sind. Die Religion spielt eine entscheidende Rolle, aber noch mal, soviel wir wissen, ist die katholische Kirche zumindest nicht direkt beteiligt. Die logistische Organisation läuft über eine Gruppierung, die sich MANUS DEI, also die Hand Gottes, nennt.«

»MANUS DEI, was hat das zu bedeuten?«

»Wie ich bereits sagte. Eine erzkonservative Organisation, die der katholischen Kirche sehr nahesteht. Es gibt Meldungen, dass die aus Rom finanziert werden. Aber diese Berichte sind durch nichts belegt. Aber natürlich ist die Frage erlaubt, woher das Geld stammt. Die Finanzbehörden verzeichnen ein extrem hohes Spendenaufkommen, meist aus dem Ausland. Wer hinter den Spendern steckt, ist überwiegend unklar. Offiziell sind die extrem sauber. Haben auch nicht einen Cent Steuerrückstand.«

»Wo sitzen die, diese MANUS DEI-Leute?«

»Der Hauptsitz der Organisation ist in Köln. Das führte man zurück auf den damaligen Kardinal Meißner, der als einer der konservativsten Köpfe der Katholischen Kirche in Deutschland gilt, was wieder für eine gewisse Nähe zur Amtskirche spricht. Die haben auch eine Niederlassung in Leipzig. Beste Lage, altes Gründerzeithaus in der Nähe des Gohliser Schlösschens. Wenn Sie da reingehen, legen Sie die Ohren an. Die Sanierung hat mit Sicherheit 5.000 Euro pro Quadratmeter gekostet. Vom Kaufpreis ganz zu schweigen.«

Der Oberbürgermeister sah auf seine Uhr. »Nun gut, oder auch nicht. Ich muss jetzt zur Einweihung der neuen Kindertagesstätte in Thekla. Halten Sie mich bitte auf dem Laufenden. Ich verlasse mich auf Sie.«

Am Vorabend der Martin Luther-Show fand man sich zusammen in den Räumlichkeiten des MANUS DEI in der Trufanowstraße in Leipzig, um die letzten Abstimmungen der Aktionen gegen den Auftritt zu treffen. Pius Ratzenburg, der Vorsitzende, war schon vor Tagen von Köln nach Leipzig angereist. Er war extrem schlank und hoch aufgeschossen. Obwohl er erst 55 Jahre alt war, sah er wesentlich älter aus. Die steten Zweifel, Sorgen und eine wohl nie endende Unzufriedenheit mit dem aktuellen Zustand des aus seiner Sicht einzigen und wahren Glaubens, hatten ihn alt werden lassen. Das Leben, oder besser gesagt, sein Leben, hatte ihn gezeichnet. Sein dunkles Haar, das er gescheitelt trug, schien vollständig vorhanden zu sein. Seine Gesichtszüge waren markant. Die Wangenknochen wölbten sich leicht hervor, und wenn er lachte, was er höchst selten tat, zerfurchten die sich bildenden Falten sein ganzes Gesicht. Den hellblauen Augen, ungewöhnlich für Menschen mit dunklen Haaren, konnte niemand ausweichen. Zudem hatte er eine Eigenschaft, die seine schon fast inquisitorische Dominanz verstärkte: Wenn er mit jemandem redete, drehte er ihm nie sein Gesicht zu. Sein Kopf schien in eine andere Richtung zu schauen, nur seine Augen suchten den Blick des Gesprächspartners. »Mit wie vielen Brüdern und Schwestern im Glauben können wir morgen rechnen?«

Birk Ehrenthaler, der Vorsitzende der Leipziger Gemeinde, war äußerlich eher das Gegenteil von

Ratzenburg. Er war untersetzt und achtete wenig auf sein Äußeres: Sein Anzug war zerschlissen, die Haare schrien nach einem Friseur und einer Wäsche. Jede Rasur, bei der er nie alle Bartstoppeln erwischte, hinterließ kleine blutige Stellen, die verkrustet waren. Aber er war ein heller Kopf. Er war ein ehemaliger katholischer Priester, der seinen Beruf an den Nagel gehängt hatte, weil er sich mit den für ihn antichristlichen Veränderungen seit dem Zweiten Vatikanischen Konzil im Laufe seines zunehmenden Alters immer weniger anfreunden konnte. Er war Mitglied der Gemeinschaft der Piusbruderschaft und ein Bewunderer ihres Gründers, Erzbischof Marcel Lefebvre, die noch immer Messen in der lateinischen Sprache abhalten wollte und es für richtig hielt, dass der Priester nicht zur Gemeinde sprach, sondern nur vor das Altarbild. Der damalige Streit zwischen Papst Benedikt und dem Holocaustleugner Richard Williamson hatte die Differenzen zur Katholischen Amtskirche offen zu Tage treten lassen und zu einem Zerwürfnis mit Rom geführt. Dies war letztendlich der Anlass, der dazu führte, dass Birk Ehrenthaler sich von der Amtskirche abwendete und sich nahezu ausschließlich der Piusbruderschaft und MANUS DEI widmete.

»Wir haben bereits über 3.000 feste Zusagen von unseren Brüdern und Schwestern aus dem gesamten Bundesgebiet. Erfahrungsgemäß kommen ungefähr 2.000 spontane Teilnehmer hinzu, sodass wir mit zirka 5.000 Unterstützern rechnen müssen.«

Pius Ratzenburg nahm die erfreuliche Nachricht ohne Gefühlsregung auf. »Was habt ihr konkret geplant?«

Ehrenthaler blätterte mit der linken Hand in seinen Unterlagen, während er sich mit der rechten im Gesicht kratzte. »Ich habe natürlich mit unseren Freunden bei der Polizei gesprochen. Die Staatsgewalt wird den Bereich zwischen der Arena und den Parkplätzen sowie die Zugänge zu den Haltestellen großräumig abriegeln. Die haben zwei Hundertschaften im Einsatz. Wir werden vorher ansetzen und mit 500 Brüdern und Schwestern mit Sitzstreiks die Zufahrten der Straßenbahngleise blockieren. Auch zwei Hundertschaften dürften nicht ausreichen, um uns alle wegzutragen. Die Polizei wird Einsatzkräfte vom südlichen Bereich der Arena Richtung Waldplatz verlagern müssen. Wir werden dann mit den übrigen Unterstützern versuchen, über den rückwärtigen Bereich zur Arena vorzudringen.«

Ratzenburg nickte, ohne eine Miene zu verziehen. »Was haben wir konkret vor?«

»Das Übliche: Kreuze, Kerzen und Lieder.«

»Wird es zu Gewalttätigkeiten kommen?«

»Ich hoffe nicht. Aber die üblichen Rangeleien können nicht ausgeschlossen werden. Das hängt von dem Auftreten der Polizei ab. Ich weiß nicht, wie viele von den dämlichen Rechtsradikalen sich unter die Gegendemonstranten mischen. Darauf haben wir natürlich keinen Einfluss.«

»Verdammte Nazis«, brummte Ratzenburg. »Die versauen uns unseren ganzen Ruf.«

Martin Luther und sein Tross, bestehend aus Management, Musikern, Beleuchtern, Tontechnikern, Bühnenarbeitern, Bodyguards und anderen Mitarbeitern, war mit einem Tourbus unterwegs, auf dem in großen Buchstaben die Botschaft DER WEG ZUM LICHT HEISST JESUS CHRISTUS prangte. Sie übernachteten im WESTIN Hotel hinter dem Hauptbahnhof. Luther bezog die geräumige Suite im oberen Bereich des Hotels, die ihm einen großzügigen Blick über Leipzig bot. Vor der Zimmertür standen zwei Leibwächter. Sie wussten genau, wem sie Zugang zu gewähren hatten. Alle waren ein eingespieltes Team.

Anja Rocchiani war so etwas wie die rechte Hand von Martin Luther. Sie kümmerte sich federführend um sämtliche Angelegenheiten des Predigers: organisierte die Bücher, Tourneen, Medienauftritte, verhandelte Verträge, einfach alles, was bei Luther anfiel und was er nicht selbst erledigen wollte: also sämtliche Angelegenheiten, mit Ausnahme von Predigen und Geld anlegen. Selbst seine Bücher schrieb Luther nicht mehr selbst, seit sich der große Erfolg eingestellt hatte. Er besaß ein Ghostwriterteam aus Psychologen und Werbespezialisten.

Es war schon nach 21 Uhr, als Anja Rocchiani Luthers Suite betrat. Die italienische Herkunft ihres Vaters war nicht zu übersehen. Sie hatte lange schwarze Haare, die sie zu einem Pferdeschwanz gebunden hatte. Ihre dunkelbraunen Augen harmonierten mit ihrer Hautfarbe. Wer sie nicht näher kannte, nahm stets an, dass sie gerade aus dem Sommerurlaub zurückgekommen war. Sie war zierlich und schlank, die Brüste hatte sie sich schon vor Jahren für viel Geld in Hamburg vergrößern lassen. Sie trug eine enge Jeans, eine Bluse mit weitem Ausschnitt, der ihrer Oberweite die gewünschte Aufmerksamkeit verschaffte, und High Heels.

Luther passte optisch gut zu ihr. Er war groß, schlank und stets korrekt gekleidet, meist in Anzug und Oberhemd ohne Krawatte. Auch er war gut gebräunt, die braunen Haare trug er gescheitelt. Er begrüßte sie mit einem Kuss. Sie setzten sich auf das geräumige schwarze Sofa. »Hallo, meine Liebe. Schön, dass du da bist. Ich habe uns heute Abend etwa Leichtes bestellt. Garnelen à la Toskana auf Rucolasalat. Dazu frisches Baguette. Ich hoffe, ich habe deinen Geschmack getroffen.«

Anja schmiegte sich an ihn und küsste seinen Hals. »Hast du«, flüsterte sie ihm ins Ohr. »Gibt es auch was Leckeres zu trinken?«

»Aber natürlich. Für dich eine Flasche Moët & Chandon, und ich habe mich für Rotwein entschieden. Die haben hier einen hervorragenden Chateau Margeaux, toller Jahrgang. Passt zwar nicht so ganz zu den Garnelen, aber ich konnte einfach nicht widerstehen. Die sind hier richtig gut sortiert.«

Sie richtete sich auf und rückte ein Stück zur Seite. »Lass uns noch kurz dienstlich werden. Der morgige Auftritt ist eigentlich gebongt. Das Sicherheitskonzept mit der Polizei steht. Da ist nichts mehr zu veranlassen. Du kannst morgen ausschlafen. Um zwölf machen wir einen kurzen Soundcheck. Um 15 Uhr hast du ein Interview mit dem MDR. Die üblichen Fragen, und für 16.30 Uhr habe ich dir noch einen Termin in einem Kinderheim besorgt. Die Medien sind natürlich da. Sieh zu, dass die ein paar schöne Bilder machen können, mit Kind auf dem Arm oder so etwas, das kommt immer gut an. Wir übergeben auch einen Scheck.«

Es klopfte an der Tür, und ein Hotelboy brachte auf einem Servierwagen das Essen und die Getränke. Luther schenkte Champagner und Rotwein ein.

»Das scheint morgen ja ein entspannter Tag zu werden«, sagte er beim Essen. »Kommen eigentlich viele Demonstranten?«

»Die Polizei rechnet mit 4.000 bis 5.000 Leuten. Gewaltbereite haben sich nicht angesagt. Die üblichen Verdächtigen.«

»Tja«, grinste Luther und erhob sein Glas. »So bleibt man immer im Gespräch. Wenn die wüssten, was die mir für eine Publicity bescheren. Die ganze Medienpräsenz könnte ich gar nicht bezahlen.«

»Musst du ja auch nicht«, lächelte Anja zurück.

»War es das jetzt mit dem Dienstlichen?«, fragte er, während er den obersten Knopf ihrer Bluse öffnete.

Sie schob seine Hand langsam zur Seite. »Nach dem Essen. Es wäre wirklich zu schade, wenn die Garnelen kalt werden.«

Pius Ratzenburg und Birk Ehrenthaler saßen zu später Stunde in den Räumlichkeiten des MANUS DEI in der Trufanowstraße zusammen. Die anderen waren schon gegangen. Ratzenburg trank stilles Wasser, Ehrenthaler widmete sich seiner vierten Flasche Bier.

Pius Ratzenburg wurde nachdenklich. »Weißt du, Birk. Ich frage mich schon seit längerer Zeit, ob diese ganzen Aktionen gegen Luther so viel bringen. Wir haben den ganzen logistischen Aufwand, die nicht unerheblichen Kosten, und am Ende haben wir relativ wenig erreicht. Dieser Antichrist predigt munter weiter, und wir bringen ihn noch in die Schlagzeilen. Auf die Dauer müssen wir uns schon fragen, ob sich dieser ganze Aufwand lohnt.«

Ehrenthaler setzte die Bierflasche ab und unterdrückte mit mäßigem Erfolg ein Aufstoßen. »Das habe ich mir auch schon überlegt. Aber ich sehe leider keine Alternative. Wir müssen doch Präsenz zeigen. Das sind wir unseren Mitgliedern und Freunden schuldig. Außerdem haben wir durch diese ganzen Aktionen einen enormen Zulauf an Mitgliedern.«

Ratzenburg schaute nachdenklich in sein Wasserglas. »Lass mich mal darüber nachdenken. Ich glaube, uns fehlt der ganz große Wurf. Ich gehe jetzt ins Bett.«

Pius Ratzenburg empfand seine Unvollkommenheit, gerade in Bezug auf Martin Luther, als schwere Sünde. Ihm war es bis jetzt nicht gelungen, diesen Scharlatan in die Schranken zu weisen. Er verbreitete mit immer größer werdendem Erfolg seinen Irrglauben. Ratzenburg kniete lange auf dem harten Parkett und betete. Dann legte er seinen mit scharfen Metallteilen besetzten Bußgürtel um den Oberschenkel und zog ihn fest zu. Die eiternden Wunden an seinem Bein interessierten ihn nicht.

DONNERSTAG VOR PFINGSTEN

Die Leipziger Arena neben dem Stadion war schon lange vor dem Beginn der Veranstaltung bis auf den letzten Platz gefüllt. Aus den Lautsprechern ertönte dezente Gospelmusik, die kurz nach 20 Uhr verstummte. Helle Scheinwerfer beleuchteten die Bühne. Sie war ganz in Weiß gehalten, was sogar für den Boden galt. Zu sehen waren ein Schlagzeug, zwei elektrische Gitarren in ihren Ständern, eine Bassgitarre und ein Keyboard. Ein Rednerpult brauchte Luther nicht. Er benutzte nie ein Manuskript.

Zuerst betraten die Musiker unter tosendem Applaus die Bühne. Sie trugen dunkelrote Anzüge, dunkelrote Hemden, rote Schuhe und weiße Krawatten. Die Melodie, die sie anstimmten, klang nach leichter, eingängiger Popmusik.

Aus den beiden seitlichen Eingängen der Bühne traten gemächlichen Schrittes jeweils zehn Sängerinnen in den Vordergrund. Sie stellten sich neben den Musikern auf und tanzten mit leichten Bewegungen zum Rhythmus. Keine schwierige und einstudierte Choreografie, aber synchron. Die

Sängerinnen trugen abwechselnd rote und weiße Kleider, die die Knie bedeckten.

Während des zweiten Liedes war es endlich soweit: Das Licht auf der Bühne wurde langsam heruntergefahren. Ein einzelner Suchscheinwerfer warf sein Licht auf den weißen Boden. Der runde Lichtkegel wanderte scheinbar orientierungslos auf der Bühne hin und her, bis er endlich am rechten Bühnenrand eine Person einfing. Weißer Anzug, weiße Schuhe, weißes Hemd, rote Krawatte. Das braune, halblange Haar hatte er für den Auftritt mit viel Gel zurückgekämmt. Luthers aufgesetztes Lächeln war einstudiert. Die Stimmung in der Halle war nicht zu überbieten, sie erinnerte mehr an ein Rockkonzert als an den Auftritt eines Predigers. Martin Luther winkte kurz ins Publikum und stellte sich zwischen die Sängerinnen. Er nahm ihre Tanzbewegungen auf und schaute strahlend in die Massen.

Als das Lied verstummt war, richtete er das Mikrofon an seinem Headset. »Gelobt sei Jesus Christus, liebe Brüder und Schwestern. Ich freue mich ganz besonders, heute wieder in Leipzig zu sein. Danke für den tollen Empfang.«

Wieder brandete Beifall auf.

»Auch für meinen berühmten Namensvetter war Leipzig eine ganz besondere Stadt. Auf der alten Pleißenburg, das ist dort, wo jetzt das neue

Rathaus steht, fand nämlich im Jahre 1519 die so genannte Leipziger Disputation statt. Dort versuchten Vertreter des Landes und der Kirche Martin Luther das auszureden, was sie selbst als Irrglauben, sie nannten es Häresie, bezeichneten.«

In der Arena herrschte Totenstille. Luther hatte es mit wenigen Sätzen geschafft, die ungeteilte Aufmerksamkeit auf sich zu ziehen. Alle im Publikum schienen an seinen Lippen zu hängen.

»Und wisst ihr, worin dieser Irrglaube bestand? Martin Luther hielt es für falsch, dass ein Mensch, sogar ein armer Mensch, viel Geld dafür bezahlen musste, dass ihm seine Sünden erlassen wurden. Und er hielt es für genauso falsch, wenn er sich angeschaut hat, was denn die so genannte Heilige Kirche mit dem Geld gemacht hat: Sie hat es für ihre Prachtbauten in Rom und in der ganzen Welt ausgegeben, anstatt es den Menschen zu geben, die unter Armut, Hunger und Krankheit leiden. Es war die größte Umverteilungsaktion eines Vermögens, das die Geschichte der Menschheit je erlebt hat, und das bis zum heutigen Tag. Leider in die falsche Richtung, nicht von oben nach unten, sondern genau umgekehrt.«

Tosender Beifall.

»Und was hat die Kirche daraus gelernt? Die Antwort ist ganz einfach: Nichts. Hatte Jesus jemals ein teures Gewand? Hat Jesus in protzigen Gotteshäusern gepredigt? Hat Jesus in teuren Wohnungen mit sündhaft teurer Einrichtung gewohnt? Hat Jesus vom Staat ein üppiges Gehalt bekommen? Hat Jesus auch nur ein einziges Mal aus einem goldenen Kelch getrunken? Der Sohn eines Zimmermanns?«

Luther machte eine kurze Denkpause.

»Natürlich ist mir klar, dass es den Ablasshandel des Mittelalters heute so nicht mehr gibt. Aber was ist denn mit den Kirchensteuern? Ist das nicht ein viel eleganterer Weg? Man zieht den Menschen das Geld aus der Tasche und gibt es für Dinge aus, die niemand kontrolliert und kontrollieren kann. Limburg ist doch nur ein Beispiel von vielen für Gier, Maßlosigkeit und vor allem für das Verschließen der Augen vor dem Leid und dem Elend der Menschen. Ich persönlich würde mich schämen, wenn ich aus einem goldenen Kelch trinken würde, während gleichzeitig irgendwo auf dieser Welt Kinder sterben, weil sie verseuchtes Wasser trinken müssen. Wie gewissenlos sind diese Männer eigentlich?«

Wieder tosender Beifall.

»Und in einer Sache bin ich mir ganz sicher. Wenn unser Herr Jesus Christus wieder auf diese Welt zurückkehrt. Er wird, wie Martin Luther damals, genau diese ignorante Skrupellosigkeit anprangern. Er wird sagen, dass das nicht die Kirche ist, die auf seinen Lehren beruht. Jesus Christus hat sich stets um die Armen gekümmert, um die Kranken, um die Hilflosen, um die Verfolgten, um die Ausgestoßenen. Würde Jesus den Petersdom in Rom betreten. Er würde sich das vielleicht fünf Minuten anschauen, dann käme er mit einem riesengroßen Möbelwagen wieder, würde alle Schätze einsammeln und sie an die Armen verteilen. Und er bräuchte nicht nur einen LKW, sondern hunderte. Natürlich weiß niemand genau, wie groß das Vermögen der Katholischen Kirche ist, diese Leute wissen auch zu genau, warum sie daraus ein Geheimnis machen. Es liegen aber mehrere seriöse Schätzungen vor, die das Vermögen dieser Heiligen Kirche auf 300 Milliarden Euro beziffern.«

Wieder eine kurze Pause.

»Ja, liebe Brüder und Schwestern, ihr habt richtig gehört: 300 Milliarden Euro, das sind 300.000 Millionen Euro. Und wisst ihr, was es kostet, ein lebensbedrohlich unterernährtes Kind in Afrika oder Südamerika vor dem Hungertod zu retten?«

Kurze Denkpause.

»25 Euro! Jetzt möchte ich aber nicht vermessen sein und von der Katholischen Kirche verlangen, dass sie ihr ganzes Vermögen hergibt. Das ist ja auch praktisch nicht möglich, schließlich kann man ja nicht von heute auf morgen den Petersdom verkaufen. Also bleiben wir bescheiden: Würde die so genannte Heilige Kirche nur ein Prozent ihres Vermögens hergeben – ich wiederhole – nur ein einziges kleines Prozent, wären das immer noch drei Milliarden Euro. Damit könnte die Amtskirche also 120 Millionen Kinder vor dem sicheren Hungertod retten. Kann mir irgendjemand erklären, warum die stinkreiche Vatikanbank nicht sofort das Geld rausrückt? Ich habe keine Erklärung. Vermutlich ist sie einfach nur zu beschäftigt, weil sie das Geld der Mafia waschen muss.«

Gelächter im Saal.

»Übrigens, nur am Rande. Als ich heute am Ring entlanggefahren bin, habe ich das neue Kirchengebäude gesehen, das sich die Katholische Kirche gerade dahin gestellt hat. Also eine Kapelle sieht definitiv anders aus, und das, obwohl in Leipzig nur gut zwei Prozent der Einwohner katholisch sind. Was soll das?«

Vor der Arena war MANUS DEI damit beschäftigt, ihre Aktionen zu starten. Etwa 500 Anhänger saßen auf den Straßenbahngleisen am Waldplatz, der zentralen Straßenbahnhaltestelle vor der Arena. Damit war der gesamte öffentliche Verkehr in diesem Bereich blockiert. Birk Ehrenthaler und seine Leute teilten ihre Mitstreiter in Gruppen ein, sagten jedem, was er zu tun habe. Sie waren stumm, trugen Kerzen, Kreuze und Plakate mit der Aufschrift ›Wer Hass predigt, wird Hass ernten‹, ›Kirche ohne Kommerz‹ oder ›Butter statt Luther‹.

Franz Bleck, der Leiter des Ordnungsamtes war angespannt. Mit der Sitzblockade hatte er nicht gerechnet. Es war nicht auszudenken, was passieren würde, wenn die Straßenbahnen nicht abfahren konnten. 10.000 Menschen würden in zirka zwei Stunden aus der Arena stürmen, viele würden zur Straßenbahnhaltestelle gehen und nicht wegkommen. Es würde sich ein Menschenstau bilden, der den gesamten Verkehr, auch auf der Straße, lahmlegte. Und was noch schlimmer war: Die Anhänger Luthers, ohnehin aufgeheizt durch seine Brandreden, würden die Sitzblockade als Provokation empfinden, als Provokation von Menschen, die nur Schlechtes in diese Welt bringen und sie dann davon abhielten, in ihr Zuhause zurückzukehren. Das war Sprengstoff: Zuerst mit Worten, aber Handgreiflichkeiten waren so sicher wie das Amen in der Arena. Und das bei alles in allem 15.000 Menschen.

Bleck diskutierte heftig mit dem Einsatzleiter der Polizei. »Wir müssen die Gleise freiräumen.

Unbedingt! Sonst erleben wir unser persönliches Sodom und Gomorrha.«

Dem Einsatzleiter war der Ernst der Lage klar. Er schaute angespannt auf die Haltestelle, vor der sich immer mehr Menschen auf die Gleise setzten. »Wir machen gleich Ansagen, dass sich die Leute entfernen sollen. Werden auch Platzverweise aussprechen. Aber erfahrungsgemäß bringt das nicht allzu viel. Wir werden uns darauf einstellen müssen, die Leute wegzutragen, aber das dauert.«

»Wie lange?«, wurde Bleck ungeduldig.

Der Einsatzleiter blieb ruhig. »Ich habe zwei Hundertschaften vor Ort, für schätzungsweise 500 Menschen auf den Gleisen. Wenn ich die alle zum Wegtragen ranhole, könnten wir es in gut einer Stunde schaffen. Aber meine Leute bewachen doch das ganze Areal.«

Franz Blecks Nerven waren angespannt. Den Anschiss seines Chefs am nächsten Morgen konnte er sich schon bildlich vorstellen. Er zog hastig an seiner Zigarette. »Dann fordere eben Verstärkung an. Und das ganz schnell!«

Der Einsatzleiter lachte bitter. »Habe ich schon gemacht. In einer Stunde wird noch eine Hundertschaft hier sein. Aber mehr geht nicht. Beschwere dich bitte beim Ministerpräsidenten. Der kürzt doch andauernd unsere Stellen. Außerdem läuft gerade das Pokalspiel in Dresden gegen Red Bull Leipzig. Alleine dort haben wir 2.000 Beamte.«

Bleck zündete sich die nächste Zigarette an. »Räum die Leute von den Schienen weg. Alles andere ist egal. Irgendwie kriegen wir das schon hin.«

»Wenn du meinst …«

Auf den Videoleinwänden in der Arena wurde ein Bericht über Martin Luthers heutigen Besuch im Kinderheim gezeigt. Er hatte sich eine Einrichtung ausgesucht, in der ausschließlich Kinder untergebracht waren, die ihren Eltern weggenommen wurden, weil sie straffällig geworden oder alkohol- oder drogensüchtig waren. Er redete viel mit den Kindern und Betreuern, die alle erzählten, wie sehr sie auf Spenden angewiesen seien und wie schwer es sei, ohne die Unterstützung aus der Bevölkerung auszukommen. Tenor des Beitrages war, dass sich Martin Luther um die Ärmsten der Armen in diesem Lande kümmert, dass jedes Kind nach Gottes Ebenbild geschaffen wurde und dass niemand einem hilfsbedürftigen Kind seine Unterstützung verwehren durfte. Der Beitrag endete mit der Übergabe eines Schecks in Höhe von 5.000 Euro. Natürlich nur ein Tropfen auf den heißen Stein, aber immer noch besser als wegzusehen.

Tosender Applaus.

Luther machte eine Pause und tat so, als würde ihn der Beitrag noch persönlich beschäftigen. »Wisst ihr, Kinder sind doch unsere Zukunft. Unser aller Zukunft. Das sagt man so leicht daher, aber diese alte Weisheit hat ihre Berechtigung wie vielleicht niemals zuvor, gerade hier in Deutschland, dem Land mit den geringsten Geburtenraten in ganz Europa. Wenn ich mir das Handeln unserer Politiker anschaue, dann habe ich den Eindruck, dass sie nicht alle Kinder im Blick haben, sondern nur ganz bestimmte: Sie fördern Eliten, Hochbegabte, geben Steuergelder aus für alle Kinder, in die es sich lohnt zu investieren. Ich habe diesen Ausdruck ›investieren‹ bewusst gewählt, weil es ein Begriff ist, der aus der Wirtschaft stammt. ›Wir investieren in die Bildung‹, sagen unsere Damen und Herren Politiker doch immer. Und auch das machen sie aus einem einzigen Grund: Die Politik investiert nur in bestimmte Kinder, weil sie sich für die Zukunft einen Ertrag erhofft. Sie wollen Menschen formen, die dieses Land nach vorne bringen.«

Wieder eine Denkpause.

»Liebe Brüder und Schwestern, das mag ja sinnvoll sein, das möchte ich gar nicht in Abrede stellen. Es ist aber im höchsten Maße ungerecht, wenn dabei die Kinder übergangen werden, die aufgrund ihrer Herkunft, ihrer Entwicklung und ihrem sozialen Umfeld nicht Ingenieur, Professor oder Arzt werden können. Wer diese Kinder vergisst, begeht ein großes Unrecht, ich würde es sogar Verbrechen an diesen Kindern nennen!

›Lasst die Kinder zu mir kommen‹, hat Jesus Christus gesagt. Und er meinte alle Kinder, und nicht nur die, die auf der Sonnenseite des Lebens aufgewachsen sind.«

Heftiger Beifall.

»Man traut es sich fast gar nicht laut zu sagen, aber ich muss es tun. Wisst ihr, was das Kinderheim von meiner Spende kaufen will? Eine zweite Waschmaschine! Sie haben eine, die ist bereits 25 Jahre alt, aber hat nicht die ausreichende Kapazität, um die Wäsche zu waschen, die im ganz normalen Alltag anfällt. Das muss man sich einmal auf der Zunge zergehen lassen: Unser Staat steckt Milliarden in die jungen Menschen, die in gut behüteten Verhältnissen groß geworden sind, schafft es aber nicht dafür zu sorgen, dass die Kinder, die vom Leben so sehr benachteiligt wurden und es ohnehin schwer genug haben, in vernünftigen und sauberen Klamotten herumlaufen können. Und wenn diese Kinder in der Schule gehänselt und ausgegrenzt werden und irgendwelchen zwielichtigen Gestalten und Nazis in die Arme laufen, dann werden diese Menschen weiter ausgegrenzt und irgendwann weggesperrt. Da stimmt doch etwas nicht in diesem Land!«

Die Taktik des MANUS DEI war aufgegangen. Tausende Anhänger strömten durch den rückwärtigen Teil der Arena in Richtung des Versammlungsortes. Sie blieben anonym, versteckten ihre Kerzen, Kreuze und Plakate unter Mänteln, sagten kein Wort.

Martin Luther heizte die Stimmung weiter auf. Er war bei seinem Lieblingsthema, der katholischen Sexuallehre, angelangt. »Wisst ihr eigentlich, dass der Papst immer noch die Benutzung von Kondomen verbietet?«

Er kramte ein Kondom aus der Tasche und hielt es hoch. »Das sind diese kleinen Dinger hier, immer noch das probateste Mittel gegen die tödliche Krankheit AIDS, von Hepatitis, die in vielen medizinisch unterversorgten Ländern zum sicheren Tod führt, ganz zu schweigen. Offensichtlich ist das die Lösung des Papstes gegen unsere schlechte Geburtenrate.«

Gelächter und Beifall.

»Das muss man sich einmal ganz genau vor Augen führen. Im Ergebnis bedeutete das doch, das jeder Geschlechtsverkehr zur Geburt eines

Kindes führen soll, und das im 21. Jahrhundert. Was für ein Blödsinn. Wir wissen doch alle, wie schön die Sexualität ist und wie wichtig eine funktionierende Sexualität für die Beziehung zwischen Mann und Frau oder gleichgeschlechtlichen Paaren ist. Diese Studien, die alle wissenschaftlich belegt sind, sind dem Papst und seiner Kirche wohl nicht bekannt. Sie bleiben bei ihrer alten ›jeder Schuss ein Treffer‹-Doktrin. Wie weltfremd muss man sein? Um es ganz klar zu sagen: Niemand muss ein schlechtes Gewissen haben, wenn er ein Kondom oder die Pille kauft und mit seiner Partnerin oder seinem Partner schläft. Er tut etwas Gutes und Richtiges und rein gar nichts, was als Sünde bezeichnet werden muss.«

Das Publikum erhob sich, um Beifall zu spenden. Rufe der Zustimmung waren zu vernehmen.

Luther sorgte mit beschwichtigenden Handbewegungen für Ruhe. »So eine verkorkste Sexualmoral kann man nur haben, wenn man ein genauso verkorkstes Frauenbild hat. In der katholischen Kirche werden bekanntlich die Frauen vom Priesteramt ausgeschlossen. Wie krank ist das denn? Traut der Papst einer Frau etwa nicht zu, das Wort und die Botschaft Gottes unseres Herrn zu verkünden? Hält der Papst alle Frauen für geistig minderbemittelt? An dieser Stelle empfehle ich dem Papst eine Lektüre der Bibel, auf die er sich ja selbst ständig so gerne beruft. Evangelium nach Johannes, das war übrigens der Lieblingsjünger unseres Herrn. Er erscheint Maria Magdalena nach seiner Auferstehung, als sie vor seinem leeren Grab steht. Und jetzt zitiere ich wörtlich aus der Heiligen Schrift: Spricht Jesus zu ihr: Frau, was weinst du? Wen suchst du? Sie meint, es sei der Gärtner, und spricht zu ihm: Herr, hast du ihn weggetragen, so sage mir, wo du ihn hingelegt hast; dann will ich ihn holen.

Spricht Jesus zu ihr: Maria! Da wandte sie sich um und spricht zu ihm auf Hebräisch: Rabbuni!, das heißt: Meister!

Spricht Jesus zu ihr: Rühre mich nicht an! Denn ich bin noch nicht aufgefahren zum Vater. Geh aber hin zu meinen Brüdern und sage ihnen: Ich fahre auf zu meinem Vater und zu eurem Vater, zu meinem Gott und zu eurem Gott.«

Luther hält inne. Er wirkt andächtig.

»Ist das nicht das größte Geheimnis unseres Glaubens? Jesu Auferstehung und Jesu Himmelfahrt? Und wen hat er als Erstes auserwählt, dieses unfassbar große Geheimnis weiterzugeben? Eine Frau! Wie kann man nur … wie kann man nur allen Ernstes den Frauen diesen wichtigsten Auftrag vorenthalten, den Jesus Christus ihnen selbst aufgegeben hat. Also mir fehlen die Worte. Ich nenne das eine Sünde an dem Auftrag unseres Herrn!«

Das Publikum saß schon lange nicht mehr auf seinen Sitzen. Erst aufbrausender, dann rhythmischer Beifall.

Luther kam zum Ende der heutigen Veranstaltung. Seine Stimme wurde leiser, fast bescheiden. »Ich weiß nicht, ob ihr das wisst, liebe Brüder und Schwestern. Ich bin auf einem kleinen Bauernhof aufgewachsen. Wir waren acht Kinder, und meine Eltern hatten nicht viel Geld. Sie haben Tag und Nacht gearbeitet, und das Wenige, dass wir hatten, wurde anständig und gerecht geteilt. Wir waren nicht böse, dass wir keine neuen Anziehsachen bekommen haben, sondern die unserer größeren Geschwister auftragen mussten. Und wenn wir hungrig ins Bett gegangen sind, haben wir es unseren Eltern nicht einmal gesagt, wenn wir gesehen haben, dass die Schüssel leer war. Und obwohl wir so arm waren, waren wir glücklich, weil wir Neid, Streben nach Geld oder anderen Reichtümern nicht kannten. Nein, wir lebten nur von dem Wenigen, was wir hatten und haben uns ohne Ablenkung auf das konzentrieren können, was uns wichtig war. Die Liebe zu uns Menschen und die Liebe zu Gott, unserem Herrn.«

Kurze Pause. Im Saal war es still. Luthers Stimme war immer noch leise. »Und eines kann ich euch versprechen, liebe Brüder und Schwestern. So wahr, wie ich hier stehe: Bevor ich meine Augen zum letzten Mal schließe, werde ich unserem Herrn danken, für diese Erfahrung der Armut, die ich erst viel später als das verstanden habe, was es wirklich war: ein Geschenk Gottes. Denn ich habe den Satz verstanden, den Jesus selbst uns in seiner Bergpredigt mit auf den Weg gegeben hat: Selig sind, die geistlich arm sind, denn ihrer ist das Himmelreich. Ihrer ist das Himmelreich«, wiederholte er.

»Und, liebe Brüder und Schwestern, wenn ihr heute Abend diesen Raum verlasst, denkt bitte immer daran. Selig sind die, die nicht nach eigenem Gewinn streben, sondern die, die teilen und für ihren Nächsten da sind, wenn er oder sie euch braucht. Was ihr für einen meiner geringsten Brüder getan habt, das habt ihr mir getan, hat Jesus gesagt. Wer Jesus sucht, findet ihn nicht bei den reichen Menschen, sondern bei den Armen. Lebt den Glauben, so wie der Herr es uns aufgetragen hat, und lasst euch nicht von den Menschen in die Irre führen, die von sich behaupten, das Wort Gottes gepachtet zu haben, aber in Wirklichkeit das Werk des Teufels in diese Welt bringen. Wer Wasser predigt, sollte auch selbst keinen

Wein trinken. Gott, der größer ist als all unsere Vorstellungskraft, segne euch und begleite euch auf all euren Wegen.«

Tagesschau, Spätausgabe

Gleich die erste Meldung der Nachrichten befasste sich mit den Ereignissen in Leipzig: ›Erneute Unruhen nach einem Auftritt des Predigers Martin Luther. Nach einem Auftritt in der Leipziger Arena am heutigen Abend kam es zu heftigen Auseinandersetzungen zwischen seinen Anhängern und Gegendemonstranten. Aus Leipzig berichtet Astrid Breukmann.‹

Zunächst wurde ein Film eingespielt. Er zeigte, wie sich vor einem der Haupteingänge der Arena Menschen mit Plakaten, Kerzen und Kreuzen aufgestellt hatten, die eine lange Gasse bildeten, durch die die Besucher der Veranstaltung zwangsläufig gehen mussten. Die Stimmung war aufgeladen. Zunächst kam es nur zu Wortgefechten, aber einige Besucher fühlten sich bedrängt, es kam zu Schubsereien, dann zu Handgreiflichkeiten, die in eine Massenschlägerei ausuferten. Es waren Menschen zu sehen, die sich schlugen, verfolgten und mit Tritten traktierten. Die Polizei war überfordert. Sie konnte nur partiell eingreifen. Die Lage war außer Kontrolle geraten. Die blauen Lichter der Polizeifahrzeuge und der Krankenwagen zuckten durch die Nacht.

Nachdem der Film zu Ende war, folgte das Interview. Astrid Breukmann stand abseits der Arena.

Sprecher: »Astrid, schon wieder Ausschreitungen nach einem Auftritt von Martin Luther. Wie ist es dazu gekommen?«

A. B.: »Wir kennen das schon von den letzten Auftritten Luthers, dass gewisse gesellschaftliche Kreise sich zum Widerstand formieren, wenn er diese Veranstaltungen abhält. Da prallen zwei Gegensätze, man könnte schon fast sagen Glaubensrichtungen, aufeinander, und beide Seiten sind natürlich emotional sehr aufgeladen. Letztendlich, wir haben es auch gerade in dem Film gesehen, war diese Gasse, die die Gegner von Luther vor dem Haupteingang gebildet hatten, ausschlaggebend für die Gewalttätigkeiten am heutigen Abend. Die Besucher der Veranstaltung haben dies als Provokation empfunden.«

Sprecher: »Weiß man schon etwas über die Zahl der Verletzten?«

A. B.: »Darüber liegen noch keine Erkenntnisse vor, aber es war sehr deutlich zu sehen, dass viele Krankenwagen im Dauereinsatz waren und Verletzte in die umliegenden Krankenhäuser gebracht haben. Auch wurden hier stationäre Stellen eingerichtet, an denen verwundete Menschen behandelt wurden. Ich habe mich gerade mit einem Arzt hier vor Ort unterhalten, er sagte, seine Kollegen seien überwiegend damit beschäftigt, Wunden zu nähen und zu verbinden, auch ist es zu einigen Knochenbrüchen gekommen.«

Sprecher: »Gibt es schon offizielle Stellungnahmen?«

A. B.: »Ich habe natürlich versucht, Martin Luther oder sein Management zu erreichen, aber von dort hieß es nur, man wolle erst die offiziellen Berichte abwarten und würde anschließend Stellung nehmen. Der Leiter des Ordnungsamtes ist vor Ort. Aber der war eher sprachlos. Es bleibt leider der Eindruck, dass die Sicherheitskräfte völlig überfordert waren. Anders lässt sich diese Eskalation nicht erklären.«

Sprecher: »Vielen Dank, Astrid bis hierhin. Wir werden im Auge behalten, wie sich die Situation in Leipzig und bei zukünftigen Auftritten dieses Predigers entwickelt.«

Martin Luther und Anja Rocchiani saßen im Zirkus Maximus, Leipzigs Promi-Italiener. Von der euphorischen Stimmung, die sich üblicherweise nach einem gelungenen Auftritt breitmachte, war nichts zu spüren.

Luther stocherte nachdenklich in seinem Essen herum. »Langsam gehen mir diese Ausschreitungen auf die Eier. Das wird immer schlimmer. Ein bisschen Publicity ist ja nicht schlecht, aber wenn das so weitergeht, schadet das unserem Ruf.«

»Das sehe ich genauso«, stimmte ihm Anja zu. »Aber ich habe kein Spontanrezept. Wir sind für die Sicherheit in der Halle verantwortlich. Da hatten wir alles im Griff. Was sich vor den Eingängen abspielt, ist Sache der Polizei und Ordnungskräfte. Natürlich stimmen wir immer ein Sicherheitskonzept ab, das weißt du, aber wenn die überfordert sind …« Sie zuckte mit den Achseln.

Anjas Statement war nicht geeignet, Luthers Laune zu verbessern. »Wer hat uns eigentlich diesen Italiener empfohlen? Den Fraß würde nicht mal ein Engländer durch den Hals kriegen. Wenn ich das aufesse, kommt bestimmt jemand und verleiht mir einen Stern fürs Dschungelcamp.« Er schob den Teller beiseite und widmete sich seinem Rotwein.

Anja Rocchiani versuchte die Situation zu beschwichtigen. »Lass mich mal eine Nacht darüber schlafen. Ich muss mir überlegen, wie wir morgen gegenüber den Medien reagieren. Der nächste Auftritt ist erst in zwei Wochen.« Sie ergriff seine Hand, die auf dem Tisch lag. »Glaub mir, wir werden auch dieses Problem lösen, da bin ich mir ganz sicher.«

Luther beruhigte sich allmählich. Er streichelte

mit seinem Daumen Anjas Handrücken. »Du hast recht. Lass uns ins Hotel fahren.« Er massierte seinen Nacken. »Ich glaube, ich brauche eine Massage.«

Anja beugte sich nach vorne, um ihren Ausschnitt zu betonen. Sie lächelte ihn geheimnisvoll an. »Nur im Nacken?«

Ihre vertraute Zweisamkeit wurde abrupt unterbrochen, als Günther Hirte, der Reporter vom LEIPZIGER TAGEBLATT, zu ihnen kam. Hirte drängte sich direkt vor ihren Tisch und zückte seinen Notizblock. »Mein Name ist Hirte, Reporter vom LEIPZIGER TAGEBLATT. Würden Sie mir bitte ein paar Fragen beantworten?«

Anja Rocchiani machte eine abwehrende Handbewegung. Den genervten Unterton in ihrer Stimme konnte und wollte sie nicht verbergen. »Nein danke, wir sind müde. Wenn Sie dafür bitte Verständnis haben.«

Hirte war nicht bereit, sich abwimmeln zu lassen. »Es hat wieder schwere Ausschreitungen nach Ihrer Veranstaltung gegeben. Von vielen Verletzten ist die Rede. Das kann Ihnen doch nicht gleichgültig sein.«

»Ist es auch nicht. Wir werden morgen eine Presseerklärung abgeben. Wenn Sie sich bitte so lange gedulden würden.«

»Aber das werden unsere Leser nicht verstehen. Sie reden den ganzen Abend über Frieden und Nächstenliebe und sind dann nicht bereit, sich zu schweren Krawallen und den vielen Verletzten zu äußern? Es liegen auch zahlreiche Anhänger von Ihnen im Krankenhaus. Wären da nicht ein paar Worte angebracht?«

Anja Rocchiani stand auf, und Luther tat es ihr gleich. »Da haben Sie völlig recht. Und genau deshalb werden wir morgen eine Presseerklärung abgeben. Guten Abend.«

Sie verließen eilig das Restaurant. Hirte setzte sich nachdenklich an ihren Tisch und bestellte sich eine Bloody Mary.

FREITAG VOR PFINGSTEN

Es war der erste Freitag des Pfingstwochenendes. Das Stadtbild von Leipzig war von den ›Schwarzen‹ geprägt, wie die Anhänger der Gotik-Szene von den Leipzigern genannt wurden. Alle Jahre wieder fand über Pfingsten das WAVE-GOTIK-TREFFEN statt. Über 20.000 Anhänger der Schwarzen Szene bevölkerten Leipzig. Die Leipziger liebten die Gäste aus aller Welt. Sie waren düster gekleidet, in den Szenefarben schwarz, rot und weiß, hatten bleiche Gesichter und trugen Sonnenschirme und Kopfbedeckungen, um nicht der Sonne ausgesetzt zu sein, ein absolutes No-Go in ihren Kreisen. Einige der Gotiks waren lebende Kunstwerke, sowohl was ihre Kleidung, als auch ihre Gesichter anging. Ihre Fantasie schien keine Grenzen zu haben. Das war der Grund, warum unzählige Fotoreporter in Leipzig einfielen, um eindrucksvolle Bilder zu machen, die in sämtlichen Zeitschriften und Magazinen abgedruckt wurden. Das am häufigsten fotografierte Motiv im letzten Jahr war ein Mann, der über seiner Nase einen Reißverschluss angebracht hatte, der sich unter der Nase öffnete. Durch gekonnte und aufwendige Schminke sah es aus, als habe er mit dem Reißverschluss seine Gesichtshaut geöffnet und darunter die Knochen und Zähne freigelegt.

Hauptkommissar Kroll freute sich auf das lange Wochenende. Er hatte sich den Freitag freigenommen und wollte mit seiner Freundin Anja die freien Tage genießen. Der Urlaubstag wurde unproblematisch bewilligt. Trotz der Massenveranstaltungen war in Leipzig kein Anstieg der Kriminalität zu verzeichnen, und ein Fall für die Mordkommission hatte sich über Pfingsten ohnehin noch nie ereignet.

Kroll saß am Frühstückstisch und las das LEIPZIGER TAGEBLATT, während er auf seinem Brötchen kaute und genüsslich den Kaffee schlürfte. Kopfschüttelnd las er, nachdem er ausgiebig den Sportteil studiert hatte, den Bericht über die Ausschreitungen nach dem Auftritt von Martin Luther in der Arena am gestrigen Abend. Ich dachte, die Zeiten, in denen sich Christen untereinander bekriegt haben, sind seit der Reformation vorbei, überlegte er, fand sich aber damit ab, dass man wohl immer eines Besseren belehrt werden würde.

Kroll war schon auf dem Weg zur Dusche, als sein Handy sich bemerkbar machte. Er schaute auf das Display: Staatsanwalt Reis. Er ahnte nichts

Gutes, als er die Taste mit dem grünen Hörer drückte.

»Tut mir leid, Kroll. Du musst leider ins Revier kommen. Wir haben einen Toten.«

Kroll verdrehte die Augen und setzte sich an seinen Tisch. »Einen Toten? Was ist passiert?«

»Gestern Abend war die Veranstaltung von diesem Martin Luther. Du hast sicher die Berichte in der Zeitung gelesen, was da los war. Heute Nacht ist einer der Verletzten im St. Georg gestorben.«

Kroll hatte die Hoffnung noch nicht aufgegeben. »Aber das ist doch kein Fall für uns. Die Leute haben sich nach der Veranstaltung geprügelt, und einer ist an seinen Verletzungen gestorben. Das ist kein Fall für die Mordkommission, wir reden hier höchstens über Körperverletzung mit Todesfolge.«

Der Staatsanwalt lachte freudlos. »Wäre schön, wenn du recht hättest. Aber das Opfer ist an einer Stichverletzung gestorben. Hier liegt ein gezieltes Tötungsdelikt vor. Die Leiche ist auf dem Weg in die Gerichtsmedizin.«

»Chef«, wurde Kroll förmlich. »Sie wissen schon, dass ich seit einem halben Jahr keinen einzigen freien Tag mehr hatte und Silvester durcharbeiten musste, weil dieser Psychoanalytiker getötet wurde. Von meinen Überstunden will ich gar nicht reden.«

Es hatte sich eingeschliffen, dass der Staatsanwalt die Beamten duzte, sie aber respektvoll beim Sie geblieben waren.

»Tut mir wirklich leid, Kroll. Ich mach das wieder gut. Es wird dich zwar nicht trösten, aber Wiggins, Dr. Schmidt und auch mir selbst musste ich gleichfalls den freien Tag streichen.«

Krolls Stimme klang deprimiert. »Alles klar. Ich hüpfe noch schnell unter die Dusche und komme dann.«

Hauptkommissar Wiggins und Staatsanwalt Reis saßen an dem großen Besprechungstisch im Büro des Staatsanwaltes, als Kroll hereinkam. Er begrüßte seinen Kollegen mit einem Schulterklopfen und gab Reis die Hand. Beide starrten gespannt auf einen großen Bildschirm, dessen Technik von Wiggins gekonnt bedient wurde.

Reis wollte sich nicht mit Begrüßungsfloskeln aufhalten. »Ich habe mir die Bänder der Überwachungskameras vor der Arena besorgt. Wir haben die entscheidende Szene drauf.«

»Einen Moment«, unterbrach ihn Kroll. »Sagen Sie mir bitte zuerst, was wir über das Opfer wissen und welche Informationen wir aus dem St. Georg haben.«

Wiggins schaute auf seinen Notizblock und beantwortete die Frage. »Das Opfer heißt Marko

Großkreutz, 47 Jahre, wohnhaft in Leutzsch. Ein unscheinbarer Mann, der nicht straffällig war. Er war auf dieser Veranstaltung von Martin Luther. Mehr wissen wir nicht. Wir hatten noch keine Zeit, mit der Ehefrau oder sonstigen Verwandten zu reden, ganz abgesehen davon, dass die Frau ohnehin nicht vernehmungsfähig ist, weil sie unter Schock steht.«

»Und was sagen die Ärzte?«

»Großkreutz wurde um 22.45 Uhr ins St. Georg eingeliefert. Ein Rettungswagen, der ohnehin vor der Arena im Einsatz war, hat ihn sofort dorthin gebracht. Er wurde sofort in den OP gebracht und operiert. Die Ärzte diagnostizierten eine Stichverletzung. Der Stichkanal verlief durch die Rippen aufwärts in Richtung Herz. Die Klinge hat die Lunge, die Aorta und die linke Herzkammer verletzt. Der Blutverlust war erheblich. Die Ärzte haben drei Stunden operiert, er ist aber während der OP verstorben. Das ist vorerst alles, den OP-Bericht kriegen wir noch.«

Kroll nickte gedankenversunken. »Dann schauen wir uns mal das Video an.«

Die Qualität des Überwachungsfilms war, wie immer, schlecht. Die Aufnahme war in Schwarz-Weiß und unscharf. Zu erkennen war der vordere Haupteingang der Arena. Eine Menschenmasse hatte sich aufgeteilt und vor dem Eingang eine Art Spalier gebildet. Dann drängten die Besucher der Veranstaltung ins Freie. Soweit erkennbar, verhielten sich die Demonstranten zunächst passiv. Aber als immer mehr Menschen aus dem Gebäude herausströmten, entstand ein Stau. Es kam erst zu Schubsereien, dann zu Handgreiflichkeiten, die in eine handfeste Massenschlägerei ausarteten. Die Polizei war nicht zu sehen. Kroll vermutete, dass die Ordnungsmacht hinter den Demonstranten stand und nicht von der Kamera eingefangen wurde.

»Viel ist ja nicht zu erkennen«, bemerkte Kroll eher beiläufig.

Wiggins vergrößerte das Bild und spulte das Band nach vorne. »Ich habe die entscheidende Szene vergrößert.« Er hielt das Video an und ließ den Pfeil der Maustaste wandern. »Das hier ist Großkreutz, und die Dame vor ihm ist seine Ehefrau.« Es sah so aus, als wäre sie von einer Person angerempelt worden, vielleicht absichtlich, möglicherweise aber auch nur in Folge des Gedrängels. Großkreutz bewegte sich auf den vermeintlichen Rempler zu und stieß ihn beiseite. Der machte einen Schritt auf Großkreutz zu. Das Messer war deutlich zu erkennen, die Klinge spiegelte sich im Licht der Laternen. Die Handbewegung ging von unten nach oben in Richtung des Körpers. Großkreutz sackte sofort zusammen. Seine Frau beugte sich über ihn. Panik brach aus. Auch andere Menschen, aus beiden Lagern, kamen Großkreutz zu Hilfe. Sie schirmten den am Boden liegenden Menschen ab. Offensichtlich hatte die Notlage, zumindest bei einigen Beteiligten, so etwas wie Vernunft aufkommen lassen. Es dauerte nicht lange, bis zwei Männer in Notarztuniform bei Großkreutz waren.

»Mach die Szene noch mal«, forderte Kroll Wiggins auf. Sie sahen sich die Sequenz unzählige Male an.

»War das jetzt ein absichtlicher Rempler an der Frau, eine bewusste Provokation oder einfach nur Zufall?«, fragte Staatsanwalt Reis.

Wiggins zuckte mit den Schultern.

Kroll sah immer noch gebannt auf den Bildschirm. »Irgendwas ist mit der Hand des Täters. Da stimmt doch etwas nicht. Der hat doch keine Handschuhe an. Seht ihr die Unregelmäßigkeiten auf dem Handrücken. Das sind doch keine Adern. Irgendwie komisch. Sieht aus wie eine Zeichnung, vielleicht eine Tätowierung.«

Sie sahen sich den Ausschnitt, in dem für einen kurzen Moment die Hand des Täters sichtbar war, mehrfach an. Die Qualität des Videos ließ aber nicht zu, Genaueres zu erkennen.

»Möglicherweise hast du recht, Kroll«, murmelte Wiggins konzentriert. »Kann aber auch nichts bedeuten. Vielleicht ein Schatten oder ein Streich der Technik.«

»Wir bringen das Video zu unseren Spezialisten. Die sollen sich die Hand genauer ansehen«, entschied der Staatsanwalt. »Ich hoffe, die haben da nicht auch alle Urlaub.«

Wiggins schaltete den Bildschirm aus und sah Reis fragend an.

Der Staatsanwalt wusste von der Tragweite des Geschehens. »Die Presse wird sich auf den Fall stürzen wie Geier auf ein totes Tier. Überlasst mir die Medien. Ihr übernehmt den Fall offiziell. Wir haben bis jetzt nicht viel. Redet mit Luther und vor allem mit der Ehefrau des Opfers, wenn sie vernehmungsfähig ist. Natürlich kriegt ihr so viele Leute, wie ihr braucht. Bei diesem Medienauflauf werden mit Sicherheit alle halbwegs verfügbaren Kräfte bewilligt. Wir bleiben im engen Kontakt.« Der Staatsanwalt stand auf. »Also, an die Arbeit.«

Bei allem Frust über das gestrichene lange Wochenende waren Kroll und Wiggins erleichtert, dass Staatsanwalt Reis ihnen zumindest die Reporter vom Leib hielt. Reis war alles andere als mediengeil. Wenn er die Interviews und vor allem die Pressekonferenz alleine auf sich zog, hatte dies nur einen Sinn: Er wollte seinen Beamten den Rücken freihalten, damit sie ihre Arbeit machen konnten und nicht ständig von den sogenannten Berichterstattern behindert wurden.

Kroll und Wiggins hatten sich um zwölf Uhr mit Martin Luther in einem Konferenzraum des WESTIN verabredet. Er erwartete sie bereits mit seiner Assistentin, Anja Rocchiani. Luther war leger gekleidet. Hellbraune Cordhose, braune Schuhe, ein leichter Pullover mit V-Ausschnitt. Er sah müde aus, als er aufstand und die Polizisten mit Handschlag begrüßte. Er stellte Anja, die wie immer aus dem Ei gepellt war und ihre Augenränder unter dem Make-up versteckt hatte, vor und riss das Gespräch sofort an sich. »Meine Herren Kommissare, bitte nehmen Sie doch Platz. Sie können sich nicht vorstellen, wie schrecklich das alles für uns ist. Ich versuche den Menschen die Liebe und vor allem Nächstenliebe Christi beizubringen, und dann so etwas. Wissen Sie schon etwas Genaueres? Wir tappen tief im Dunkeln.« Er massierte sich die Stirn mit Daumen und Zeigefinger. »Wir bekommen keine Informationen. Bitte bringen Sie uns auf den neuesten Stand.«

Kroll hatte vorgehabt, die Fragen zu stellen, wollte jedoch die Gesprächsatmosphäre nicht beeinträchtigen. Luther war ein Promi, und die Vernehmung würde nicht einfach werden, das wusste er nur zu gut.

»Wir stehen am Anfang unserer Ermittlungen, das Opfer, nennen wir ihn Herrn G., war gemeinsam mit seiner Ehefrau auf Ihrer Veranstaltung. Im Zuge des Auslasses kam es zu Rangeleien. Derzeit wissen wir nur so viel, dass Herr G. von einem Messerstich verletzt wurde und im Krankenhaus seinen Verletzungen erlegen ist. Wir können noch nicht sagen, ob es ein gezielter Angriff war oder ob der Täter das Messer eher zufällig dabei hatte.«

Anja Rocchiani beugte sich vor. Ihr Ton war bestimmend, fast vorwurfsvoll. »Aber um die Arena sind doch zahlreiche Videokameras angebracht. Haben Sie die Aufnahmen nicht kontrolliert?«

Wiggins versuchte gelassen zu bleiben und tat so, als hätte er den versteckten Vorwurf nicht wahrgenommen. »Selbstverständlich haben wir uns die Aufnahmen schon angesehen. Aber die Bilder sind erfahrungsgemäß nicht sehr scharf. Die entscheidende Sequenz wird gerade von der Kriminaltechnik ausgewertet. Ich hoffe, wir sind bald schlauer.«

»Hoffentlich«, kam ein unterkühlter, weiblicher Kommentar.

Es klopfte, und eine Angestellte des Hotels trat vorsichtig ein und fragte, ob die Gäste einen Wunsch hätten. Luther bestellte für alle eine große

Kanne Kaffee, ohne sich nach den Wünschen der Polizisten zu erkundigen.

Kroll beschloss, das Gespräch langsam auf seine Fragen zu lenken.

»Herr Luther, wir müssen in alle Richtungen ermitteln. Können Sie sich vorstellen, dass jemand das Attentat verübt hat, um Ihnen bewusst zu schaden?«

Luther gab vor nachzudenken. Er überlegte zu lange für den Geschmack der Polizisten. »Nein, das kann ich mir beim besten Willen nicht vorstellen. Warum auch? Wieso sollte man gerade mir durch so eine abscheuliche Tat schaden wollen oder können?«

Wiggins war, wie immer, betont analytisch. »Na ja, dafür könnte es viele Gründe geben: Die Medien werden alle Facetten des Falls akribisch aufarbeiten, sie werden möglicherweise versuchen, etwas in Ihren Reden zu finden, was die Gewalt provoziert haben könnte. Sie wissen doch, wer sucht, der findet immer etwas. Dabei könnten auch Dinge ans Tageslicht kommen, die der Öffentlichkeit bislang verborgen geblieben sind.«

Wiggins sah sich bewusst demonstrativ in dem luxuriösen Raum um. »Und nicht zuletzt: Wenn es sich herumspricht, dass es mit einer gewissen Gefahr verbunden ist, auf Ihre Veranstaltungen zu gehen, dürfte das den Kartenverkauf kaum ankurbeln.«

Anja Rocchiani fiel ihm ins Wort. »Also wenn ich Sie richtig verstehe, ermitteln Sie einseitig zu unseren Lasten. Hier werden mal wieder die Opfer zu Tätern gemacht. Um es ganz deutlich zu sagen, ein Anhänger von Martin Luther wurde getötet und nicht einer dieser Spinner.«

Kroll nahm wohlwollend zur Kenntnis, dass Luther seine Hand auf Anjas Knie legte, um sie zu besänftigen. Er suchte Anjas Augenkontakt.

»Sie haben uns nicht richtig verstanden. Wir möchten gerne einen Mord aufklären. Und die Frage, ob Ihnen vielleicht jemand schaden will, gehört zu unserer Routinearbeit. Aber wenn Sie nicht bereit sind, unsere Fragen zu beantworten, können Sie das ruhig sagen.«

Luther versuchte die Situation zu entspannen. »Sie haben mit Sicherheit erfahren, dass es in dieser Gesellschaft gewisse Strömungen gibt, die bemüht sind, uns zu schaden. In Limburg hatten wir Ausschreitungen, aber ich konnte bislang nicht erkennen, dass bestimmte Organisationen dahinterstecken. Ich würde es die normalen gegenteiligen Einstellungen und Auffassungen nennen. Das ist immer so. Uns war natürlich klar, dass der Auftritt in Leipzig nicht so ganz unproblematisch wird und wir auf gewisse Widerstände stoßen. Diese Region besteht zu über 80 Prozent aus Atheisten.«

Luther nippte langsam und konzentriert an seiner Kaffeetasse. »Aber, um auf Ihre eigentliche Frage zurückzukommen. Dass uns irgendjemand bewusst schaden will, konnte ich bislang nicht erkennen.«

Anja Rocchiani war unruhig. Ihre Bewegungen waren hektisch, egal, was sie machte. Für ihre Verhältnisse hatte sie sich lange genug zurückgehalten. »Ich weiß wirklich nicht, was diese Befragung bringen soll. Dieses Verbrechen war offensichtlich die Tat eines Verwirrten. Was soll das Ganze? Könnten Sie mir bitte erklären, warum Sie uns befragen und Ihre Zeit verschwenden? Glauben Sie etwa, wir könnten Ihnen etwas über den Täter sagen? Was weiß ich denn, warum irgendein Verrückter auf einmal sein Messer zückt. Mir geht das alles mächtig auf den Geist.«

Kroll schaute demonstrativ auf seine Uhr und nickte Wiggins zu. »Gut. Nehmen wir zur Kenntnis, dass es keine organisierten Gruppen gibt, die Ihnen feindselig gegenüberstehen. Das schreiben wir in unser Protokoll und nehmen es so hin. Es gibt nur noch eine Formalie.« Er wandte sich an Luther. »Sie müssen das Vernehmungsprotokoll unterschreiben. Das können wir gerne in unserem Präsidium machen, oder wir lassen einfach einen Beamten das Protokoll ins Hotel bringen. Sie können sich vorstellen, dass die Medien sich für diesen Fall interessieren. Und Ihre Aussage, dass alles nur auf einen zufälligen, vielleicht verwirrten Täter hinausläuft, ist für unsere weiteren Ermittlungen von herausragendem Interesse.«

Luther sah seine Assistentin lange an. Jedem Beobachter war klar, dass beide an das Gleiche dachten. Aber an was, konnten die Polizisten natürlich nicht wissen.

Kroll entschloss sich, einen letzten Versuch zu unternehmen. »Herr Luther, wenn es noch etwas gibt, das wir wissen sollten, sollten Sie uns das bitte sagen.«

Luther war zögerlich. »Es fällt mir schwer, jemanden zu verdächtigen, zumal ich nicht den geringsten Anhaltspunkt habe, aber …«

Anja Rocchiani war ungehalten, sie fiel ihm ins Wort. »Jetzt ist es mal gut mit dieser ständigen Zurückhaltung. Nennen wir die Dinge beim Namen. Die Polizei wird sowieso schnell auf diese Truppe stoßen.« Sie atmete einmal tief durch. »Es gibt eine Organisation, die nennt sich MANUS DEI. Die sind der größte Wortführer gegen unsere Veranstaltungen. Und vor allem sind sie der Hauptorganisator und Hauptkoordinator der Widerstandsaktionen bei unseren Veranstaltungen. Die werden immer aggressiver. Ich dachte bislang, Limburg wäre der Höhepunkt gewesen, aber da habe ich mich getäuscht.«

»MANUS DEI?«, fragte Wiggins.

Luther ergriff das Wort. »MANUS DEI ist eine Organisation mit Hauptsitz in Köln. Sie haben einen Ortsverband in Leipzig. Wir reden nicht über eine offizielle Organisation der katholischen Kirche, Tatsache ist aber, dass die Mehrzahl ihrer Mitglieder und auch ihrer Anhänger sich aus erzkonservativen Katholiken zusammensetzt. Ihr Vorsitzender ist ein gewisser Pius Ratzenburg, ein echter Hardliner. Wir wissen, dass er derzeit in Leipzig ist und die Aktionen gegen uns mobilisiert.«

Anja hatte sich beruhigt. Ihr Ton war wieder leise und sachlich. Schon eher deprimiert. »Ähnlich, wie es Martin Luther zu Reformationszeiten getan hat, kritisieren wir die Haltung der katholischen Kirche in vielen Punkten: die Rolle der Frau, die Sexualmoral und vor allem den unschätzbaren Reichtum. Martin kann und will es nicht akzeptieren, dass die so genannte Heilige Kirche auf milliardenschweren Reichtümern thront, während in der ganzen Welt Menschen sterben, weil es ihnen an den einfachsten Dingen zum Leben fehlt: Wasser und Nahrung.«

Kroll war froh, dass das Gespräch doch noch einige brauchbare Anhaltspunkte zu liefern schien. »Bleiben wir konkret bei dem gestrigen Abend. Wie und was war die Rolle von MANUS DEI?«

Anja Rocchiani lachte bitter. »Wir stimmen immer mit dem städtischen Ordnungsamt ein Sicherheitskonzept für unsere Veranstaltungen ab. Das ist Routine, aber nach den Vorfällen in Limburg haben wir unsere Bemühungen intensiviert. Das Konzept sah ganz klar vor, dass keine Störer in die Nähe der Arena kommen. Der gesamte Bereich um die Arena sollte großräumig abgeschirmt werden. Für mich stellt sich daher die Frage, warum die Störer überhaupt vor den Eingängen auf unsere Besucher warten konnten. Da hätte niemand stehen dürfen, tatsächlich standen aber Unmengen von Störern da.«

»Was hat das mit MANUS DEI zu tun?«, hakte Kroll nach.

»Ich frage mich, warum ein sorgfältig ausgearbeitetes Sicherheitskonzept komplett über den Haufen geworfen wird? Das habe ich in dieser Form noch nie erlebt.«

Die Assistentin sah besorgt aus. Ob sie von ihren sicherlich guten schauspielerischen Fähigkeiten Gebrauch machte, konnten die Polizisten nicht beurteilen. »MANUS DEI ist bekannt für ihr hervorragendes Netzwerk. Die sind verdrahtet in die besten Kreise, vor allem in die Politik.«

Krolls Handy klingelte. Staatsanwalt Reis bat sie, ins Präsidium zu kommen.

FREITAG VOR PFINGSTEN, MITTAGS

Der Staatsanwalt interessierte sich nicht für den aktuellen Stand der Ermittlungen, er war lange genug im Geschäft, um zu wissen, dass in der Kürze der Zeit keine brauchbaren Ergebnisse vorliegen konnten. Er kam gleich zum Thema. »Frau Großkreutz hat mich angerufen und darum gebeten, dass ihr vorbeikommt und mit ihr redet. Bevor ihr dahinfahrt, möchte ich euch aber noch etwas zeigen.«

Er legte ein Foto im DIN-A4-Format auf den Schreibtisch. »Die KTU war eifrig. Offensichtlich haben die unseren Fall vorgezogen. Das ist der Handrücken des Täters.«

Kroll und Wiggins sahen sich das Foto an, auf dem im vergrößerten Maßstab eine Hand abgebildet war, in der sich ein Messer befand. Die Kommissare brauchten nicht lange, um die Tragweite des Bildes einzuordnen.

»Ein tätowiertes Pentagramm«, bemerkte Kroll emotionslos.

»Die zwei oberen Zacken zeigen nach oben«, ergänzte Wiggins. »Teufelshörner, das Zeichen der Satanisten.«

Staatsanwalt Reis schien nicht glücklich zu sein über die Erkenntnisse, die das Foto lieferte. Eine Recherche in der Satanistenszene, die unweigerlich bevorstand, würde die Ermittlungen nicht vereinfachen. Er verfiel in Galgenhumor. »Ich habe mit den Kollegen vom Verfassungsschutz telefoniert. Die haben gesicherte Erkenntnisse, dass die Gotik-Szene stark von Satanisten unterwandert wird. Die Grenzen sind zum Teil fließend. Man kann das alles nicht richtig abgrenzen: schwarze Musik, Atheismus, betont gottesfeindlich, sadomasochistische Strömungen. Einige Leute scheinen sich einen Deckmantel überzuziehen und den Teufel zu verehren, um irgendwelche sexuellen Fantasien auszuleben.«

Kroll und Wiggins betrachteten die Fotografie nachdenklich. Sie suchten nach weiteren Hinweisen wie etwa einem markanten Ring oder irgendwelchen Anomalien in der Anatomie der Hand. Vergeblich, nur die langen Fingernägel waren auffallend.

Der Staatsanwalt wartete einen Moment, bevor er fortfuhr. Er suchte Krolls Blick. »Sieht ganz so aus, als könntest du dein Wochenende auf dem Wave-Gotik-Treffen verbringen. Nimm deine Freundin ruhig mit, das macht die ganze Sache unauffälliger, und vielleicht findet eine Frau

Zugang zu Informationen, die Männern verborgen bleiben. Du bist natürlich auch dabei, Wiggins. Das volle Programm: Ihr dürft euch auf Staatskosten schwarze Klamotten kaufen. Und dann taucht richtig in die Szene ein. Mit allem, was dazu gehört: Vor allem nachts. Ihr solltet im Gallischen Dorf zelten. Mischt euch in die Szene.«

Kroll war bei dem ersten Gedanken, dass er seine Freundin Anja in die Ermittlungen einbeziehen sollte, nicht wohl. Aber was sollte passieren? Er würde stets an ihrer Seite bleiben. Und vielleicht war sie ja sogar froh, das Pfingstwochenende doch mit ihm verbringen zu können. Und Anja war in jeder Beziehung locker. Vermutlich würde sie diese Aktion in einer gewissen Art und Weise sogar spannend finden. Kroll hatte sie am Anfang ihrer Beziehung von ihrem Exfreund, der ein aggressives Stalking betrieben hatte, befreit, und spätestens seit diesem Ereignis fühlte sie sich bei ihm absolut sicher. Zudem war Kroll ein geübter Kampfsportler.

»Einverstanden«, nickten die Kommissare nahezu synchron und standen auf, um zu gehen.

»Da ist noch etwas«, hielt sie der Staatsanwalt auf. »Wir haben bei Marko Großkreutz kein Handy gefunden. Fragt seine Frau, ob er keines dabei hatte.«

»Haben wir schon die Tatwaffe gefunden?«, fragte Wiggins, nachdem er den Türgriff schon heruntergedrückt hatte.

»Bis jetzt nicht. Wir haben alle Mülleimer und Container im Umfeld der Arena durchsucht, auch die Vegetation, aber bislang nichts gefunden, was ansatzweise als Tatwaffe herhalten könnte. Wir machen weiter. Gleich hinter der Arena liegt das Elsterbecken. Unsere Taucher sind gerade dabei, alles abzusuchen.«

Peggy Großkreutz bewohnte ein Reihenhaus im Schneewittchenweg im Leipziger Märchenviertel in der Nähe des Völkerschlachtdenkmals. Eine schöne Wohngegend, in der sich aber einige spießige Nachbarn gegenseitig das Leben schwermachten.

Sie öffnete den Polizisten die Tür. Der schmerzliche Verlust ihres Mannes war ihr deutlich anzusehen. Die farblose Haut bildete einen deutlichen Kontrast zu ihrer schwarzen Kleidung. Sie wirkte ausgezehrt, die braun-grauen Haare waren nur notdürftig zusammengesteckt. Sie bot den Kommissaren einen Platz in der Wohnstube an.

Kroll und Wiggins bekundeten ihre Anteilnahme. Es waren keine Routinesätze, die kamen ihnen ohnehin nicht leicht über die Lippen. Trotz ihrer nicht unerheblichen Berufserfahrung hatten sie das Menschliche in ihrem Job nicht vergessen. Und bei Peggy Großkreutz fiel es ihnen erst recht nicht schwer.

Die Witwe begann das Gespräch mit einem gequälten Lächeln. »Ich kann Ihnen leider keinen Kaffee anbieten. Mein Mann hat uns vor ein paar Tagen eine neue Kaffeemaschine gekauft. So ein Ding mit 100 Knöpfen. Die Gebrauchsanweisung ist so dick wie ein Buch …«

»Das ist kein Problem«, beruhigte sie Kroll. »Wir wollen nur mit Ihnen reden. Vielen Dank, dass Sie Zeit für uns haben. Wir wissen, dass das nicht einfach für Sie ist.«

Sie saß zusammengesunken in dem großen Sessel und drehte verlegen an einer Haarsträhne. Ihre Worte kamen leise und zögerlich. »Das ist alles so fürchterlich und unfassbar. Sie können sich gar nicht vorstellen, wie das ist. Wir waren auf dieser Veranstaltung, gingen raus und dann ...« Sie wischte sich die Tränen ab und versuchte durchzuatmen. »Ich kann immer noch nicht verstehen, was eigentlich passiert ist.«

Kroll und Wiggins gaben Peggy Großkreutz Zeit, sich zu sammeln. Sie sah die Polizisten Hilfe suchend an. »Wissen Sie schon, was gestern Abend passiert ist? Ich würde das so gerne verstehen können. Marko hat doch niemandem etwas zuleide getan.«

Kroll bereute den Routinesatz, aber ihm fiel nichts Besseres ein. »Wir stehen noch am Anfang unserer Ermittlungen.«

Peggy Großkreutz nickte stumm. Es trat ein Moment der Stille ein.

Die Polizisten verzichteten bewusst darauf, die trauernde Ehefrau über den Tathergang zu befragen. Sie wollten ihr nicht die Ereignisse der letzten Nacht noch einmal vor Augen führen, und außerdem hatten sie ja das Überwachungsvideo.

Kroll unterbrach die Stille. »Was uns interessieren würde: Warum sind Sie und Ihr Mann zu der Veranstaltung von Martin Luther gegangen? Sind Sie ein Anhänger seiner Botschaften, fühlen Sie sich von seinen Predigten angesprochen?«

»Wenn ich ganz ehrlich sein soll, kann ich Ihnen das gar nicht so genau erklären. Weder mein Mann noch ich haben mit der Kirche etwas am Hut. Religiöse Themen haben uns nie so richtig interessiert. Aber Marko wollte da unbedingt hin. Ich war am Anfang auch überrascht und habe ihn gefragt, warum. Aber er ist nie richtig auf meine Bedenken eingegangen. Er sagte, dass ihn das interessieren würde. Luther sei ein Mensch, der die großen Hallen füllt, und er wollte sich das einfach mal anschauen. Mir würde bestimmt nicht langweilig werden.«

Kroll und Wiggins wechselten einen kurzen

Blick. »Und wie hat die Veranstaltung Ihrem Mann gefallen?«, fragte Wiggins.

Die Witwe zuckte mit den Schultern. »Er war interessiert, aber nicht begeistert, zumindest nicht so wie die anderen. Wir haben immer mitgeklatscht, wenn die anderen applaudiert haben, aber er war viel mehr damit beschäftigt, Fotos zu machen.«

»Fotos?«, hakte Kroll nach.

»Ja, er hat unentwegt fotografiert. Das war aber nichts Besonderes. Er liebte die Fotografie. Das war seine Leidenschaft.«

»Mit seinem Handy?«

»Nein, mit seinem Handy hat er eher selten fotografiert. Er hatte immer eine kleine Kamera dabei.« Sie machte ein Viereck mit den Daumen und Zeigefingern. »Die Dinger sind ja heutzutage nicht mehr so groß. Das war früher alles anders, als man die Filme noch zum Entwickeln bringen musste.«

»Wir haben bei Ihrem Mann kein Handy gefunden«, bemerkte Wiggins. »Wissen Sie, ob er gestern Abend eines dabei hatte?«

Die Antwort kam spontan. »Natürlich hatte er sein Handy dabei. Da bin ich mir ganz sicher. Er hat kurz vor dieser Veranstaltung mit einem Freund telefoniert. Das Handy hatte er in der Innentasche seines Jacketts.«

Peggy Großkreutz hielt einen Moment inne. »Das Handy ist also verschwunden. Glauben Sie, das hat etwas zu bedeuten?«

»Das wissen wir noch nicht«, antwortete Wiggins. »Haben Sie eine Idee?«

Die Witwe schüttelte den Kopf. »Ich fürchte, ich kann Ihnen nicht weiterhelfen.« Sie massierte sich die Schläfen. Ihre Augen fielen zu. »Ich bin müde. Habe die Nacht kaum geschlafen. Können wir das Gespräch an einem anderen Tag fortsetzen?«

FREITAG VOR PFINGSTEN
ABENDS/ NACHTS

Hätte die Verkleidungsaktion in einer anderen Situation stattgefunden, hätten Anja und die Kommissare das wahrscheinlich lustig gefunden. Krolls Einschätzung, dass er Anja nicht lange überreden musste, hatte sich zum Glück als richtig erwiesen. Sie hatte sich die braunen Haare schwarz färben lassen, ihr Outfit erinnerte an eine Domina: enges, schwarzes Schnürkleid, Netzstrumpfhose und rote Stiefel, die über die Knie gingen. Das Gesicht war blass geschminkt, blutrote Lippen und violett lackierte Fingernägel. Sie roch nach Patschuli, was Kroll irritierte, weil er ansonsten ihre Duftwässerchen sehr schätzte.

Wiggins hatte eine Verkleidung gewählt, die seiner hoch aufgeschossenen und hageren Figur sehr entgegenkam. Er sah aus wie ein Vampir: Langer schwarzer Umhang, darunter Weste und eine hautenge schwarze Jeans. Auch er hatte blutroten Lippenstift aufgelegt. Der große Zylinder gab ihm eine besondere Note.

Kroll hatte sich die Klamotten gekauft, die er für sich passend fand: Sein durchtrainierter Körper wurde durch ein rotes Fledermaushemd betont, das durch eine enge Weste auf Brust und Bauch gedrückt wurde. Die Haare hatte er sich gleichfalls schwarz färben lassen und mit viel Gel nach hinten gekämmt. Als er mit der Hand eine Kontrolle durchführte, hatte er das Gefühl, er habe einen Helm auf.

»Na dann auf ins Getümmel«, sagte er aufmunternd. »Aber halt, wir brauchen noch das spezielle Accessoire für den dienstlichen Anlass.«

Er verteilte an jeden eine lange Kette, an der ein auf dem Kopf hängendes Kreuz befestigt war, ein Erkennungszeichen der Satanisten. Zu Anjas Entsetzen holte er ein Würgehalsband aus der Tierhandlung hervor, das er ihr vorsichtig um den Hals legte.

»Muss das sein?«, fragte Anja angewidert.

Kroll lächelte entschuldigend, während er kontrollierte, dass das Hundehalsband nicht zu stramm saß. »Tut mir leid. Ich habe mich schlaugemacht. Seriöse Wissenschaftler behaupten, dass der Satanismus nur eine willkommene Bühne bietet, um sadistische Neigungen in gewissen Kreisen gesellschaftsfähig zu machen. Wir müssen so authentisch wie möglich wirken.«

Anja war wenig begeistert. »Aber nimm mich bitte nicht noch an die Leine.«

Kroll wusste, dass sich Letzteres wohl nicht vermeiden ließ.

Der größte Zeltplatz für die Szenegäste lag auf dem Agra-Gelände in Markkleeberg. Kroll, Wiggins und Anja betraten gemächlichen Schrittes die große Wiese. Sie waren bepackt mit riesigen Rucksäcken und zwei Zelten, eines für Kroll und Anja und für Wiggins ein Einzelzelt. Die kleinen Iglus waren schnell aufgebaut. Kroll pumpte die Luftmatratzen auf, legte die Schlafsäcke darüber und verstaute die Rucksäcke neben der Seitenwand.

»Hier soll ich jetzt also schlafen?«, fragte Anja mit übertriebenem Entsetzen.

Kroll zog sie zu sich auf die Luftmatratze und gab ihr einen zärtlichen Kuss. »Was willst du mehr, als mit mir ein romantisches Zeltwochenende in netter Umgebung bei interessanten Menschen zu verbringen, und das noch auf Staatskosten. So etwas kann dir nicht jeder bieten.«

»Hoffentlich ist die schwarze Meute wirklich nur interessant und nicht noch was anderes.«

Kroll versuchte sie zu beruhigen. »Die sehen nur so wild aus. Eigentlich wollen die nur spielen. Das sind alles Manager, Bankdirektoren, Ärzte oder Anwälte. Die feiern hier so eine Art Karneval für Intellektuelle.«

Wiggins kam zu ihnen ins Zelt. Sie gingen noch einmal die ›Legende‹ durch, die sie sich zurechtgelegt hatten.

Sie wollten vorgeben, aus Münster in Nordrhein-Westfalen zu kommen. Dabei waren zumindest Kroll und Wiggins parkettsicher, weil sie dort lange auf der Polizeischule waren. Auch war nicht zu erwarten, dass viele Menschen aus dem katholischen Städtchen auf das Wave-Gotik-Treffen kommen würden. Beruflich waren sie als Sozialpädagogen in einem Behindertenheim tätig. Auch das müssten sie hinbekommen: Einfach nur reden und wenn es eng würde, vom Thema ablenken.

Anschließend versuchten sie, sich das Programm einzuprägen. Zumindest die Bands mit den interessantesten Namen. Sie entschieden sich für Lacrimosa, Blutengel, Unzucht, Endzeit und The Murderous Mistake. Kroll und Wiggins spielten auf ihren Smartphones einige Songs an. Das musste fürs Erste reichen. In musikalische Diskussionen sollten sie sich besser nicht verstricken lassen.

»Auf gehts«, sagte Kroll. Gegen 22.30 Uhr verließen sie das Zelt, jeder hatte eine Rotweinflasche in der Hand. Sie wussten, wonach sie suchen mussten.

Sie steuerten auf ein Lagerfeuer zu. Eine große Gruppe hatte einen Kreis um das Feuer gebildet. Aus einem CD-Player dröhnte die einschlägige Musik. Sie setzten sich mit einem »Hallo« dazu.

Neben Kroll saß ein langer, hagerer Typ im Schneidersitz, der seinen Kopf unaufhörlich zu den harten Rhythmen der Musik bewegte. Aus der selbstgedrehten Zigarette strömte ihnen der Geruch von Cannabis entgegen.

»Hallo«, kam eine leicht benebelte Erwiderung. Er nahm Kroll die Weinflasche aus der Hand und nahm einen großen Schluck. »Ich bin der Anubis, zumindest nennt man mich hier so.«

Kroll wusste aus irgendeinem Asterixheft, dass Anubis eine ägyptische Gottheit war, die mit dem Reich der Toten zu tun hatte. Er überlegte schnell, wie er sich nennen sollte, mehr als Krolli fiel ihm aber spontan nicht ein.

Er reichte Anubis wieder die Weinflasche, die dieser ohne zu zögern bis auf die Hälfte lehrte. Als Gegenleistung reichte Anubis Kroll seine Zigarette. Kroll lehnte dankend ab.

»Nichtraucher. Wir sind zum ersten Mal hier. Hast du einen Tipp, was sich besonders lohnt und was man auf keinen Fall verpassen sollte?«

Anubis zog lange an seinem Glimmstängel, bevor er sich Kroll zuwandte. »Eigentlich könnt ihr nichts falsch machen. Alles ist gut. Die Konzerte, die Veranstaltungen, die Märkte. Aber das Beste ist die Community. Entspannt euch und lasst alles auf euch zukommen.«

Kroll stellte fest, dass seine Weinflasche schon geleert war. Eine erstaunliche Leistung in der kurzen Zeit, in der sie am Lagerfeuer saßen. Anubis griff in die Seitentasche seines langen schwarzen Mantels und holte das Päckchen mit dem Tabak heraus. Den nächsten Joint drehte er mit erstaunlicher Geschicklichkeit.

Die weiteren Versuche, das Gespräch fortzusetzen, hätte Kroll sich sparen können. Anubis wippte wie im Trance zur Musik, schien seine Umgebung nicht mehr wahrzunehmen. Irgendwann kippte er lautlos zur Seite und blieb liegen.

Kroll sah, dass Anja mit einem jungen Mann ins Gespräch gekommen war. Er setzte sich zu ihnen. Anja empfing ihn freundlich. »Das ist Pilatus aus Böhlitz-Ehrenberg. Er ist ein alter Hase auf dem Wave-Gotik. Komm, setz dich zu uns.«

Kroll trank einen Schluck aus Anjas Weinflasche. Er begrüßte Pilatus mit Handschlag. Sein Äußeres erinnerte ihn an den Bestatter in alten Westernfilmen. Schwarzer Anzug mit Weste, langer schwarzer Mantel und ein alter Zylinder. Seine Augen hatten ein stechendes Grün. ›Pilatus‹, dachte Kroll. ›Der Mann, der das Todesurteil über Jesus Christus gesprochen hatte. Vielleicht sind wir hier gar nicht so falsch.‹ Als er das umgedrehte Kreuz auf der Brust entdeckte, fühlte er sich bestätigt.

Im Gegensatz zu Anubis war Pilatus nicht ansatzweise benebelt. Er sprach klar und machte keinen angeschlagenen Eindruck. Seine weißen Zähne waren sogar im schwachen Licht des Lagerfeuers deutlich zu erkennen. »Hallo, setz dich doch zu uns. Lilith hat mir erzählt, dass ihr zum ersten Mal hier seid.«

Kroll war beeindruckt, dass seiner Freundin im Gegensatz zu ihm ein passender Gotik-Name eingefallen war.

»Ja«, antwortete Kroll. »Wir sind froh, dass wir jemanden kennengelernt haben, der ein alter Gotik-Hase ist und uns ein paar gute Tipps geben kann.«

Anja ergriff das Wort, um Kroll nicht in Verlegenheit zu bringen. »Ich habe Pilatus erzählt, dass wir in Münster Leute kennen, die viel Gotik-Musik hören, und wir dann beschlossen haben, einmal hierhin zu fahren. Er weiß, dass wir alles andere als Experten sind.«

Kroll lächelte. »Wir finden die Musik klasse – diese düstere Stimmung hat was. Und unser erster Eindruck ist wirklich total beeindruckend. Hast du einen Tipp für uns?«

»Morgen Abend spielt hier auf dem Gelände

Blutengel. Das dürft ihr euch auf keinen Fall entgehen lassen. Die sind einzigartig.«

»Ja«, bestätigte Kroll. »Darauf freuen wir uns schon.«

Lilith nippte an ihrer Weinflasche und reichte sie Pilatus. Der lehnte dankend ab. Stattdessen kramte er eine lange Zigarre hervor und paffte genüsslich.

»Bist du alleine hier?«, fragte Anja.

Pilatus schaute ins Lagerfeuer und klopfte die Asche seiner Zigarre ab. »Mit ein paar Freunden«, kam eine kurze Antwort.

Er stand auf und klopfte das Gras von seinem Mantel ab. »Ich muss los. Wir sehen uns.«

Kroll gab Wiggins einen leichten Stoß in die Rippen. Der wusste Bescheid und folgte ihm unauffällig.

Pilatus lief zielstrebig zwischen den Zelten entlang. Er sah sich um, bevor er in ein größeres Zelt kroch. Wiggins schlich sich im Schutze der Dunkelheit an und legte sich, abseits der kleinen Pfade, an das Zelt, damit er die Gespräche verfolgen konnte.

SONNABEND VOR PFINGSTEN

Am nächsten Morgen wurde Kroll als Erster wach. Anja lag reglos in ihrem Schlafsack, deshalb war er bemüht, das Iglu leise zu verlassen. Er lief zu Wiggins Zelt, um mit seinem Kollegen den Stand der Dinge zu erörtern, insbesondere, ob die Observation von Pilatus etwas Neues gebracht hatte. Aber Wiggins Zelt war leer. Besorgt tippte er auf seinem Handy, aber er konnte keine Verbindung herstellen. Er sah sich um. Die meisten Gotiks waren in ihren Zelten. Nur vereinzelt waren Menschen in ihrer schwarzen Kleidung zu sehen.

Kroll machte sich Vorwürfe. Im Nachhinein war es leichtsinnig, Wiggins allein zu lassen. Wenn ihre Vermutung, dass sich der Täter auf dem Festival aufhielt, richtig war, war die nächtliche Observation nicht ungefährlich. Und wenn Wiggins entdeckt worden wäre …

Kroll versuchte erneut, seinen Kollegen anzurufen. Wieder vergeblich. Er überlegte, wo Wiggins gestern Nacht hingegangen sein könnte, aber er hatte nicht die geringste Idee.

»Guten Morgen, Kroll«, hörte er endlich Wiggins Stimme, die ihm fast wie eine Erlösung vorkam. Wiggins kam zu ihm, um den Hals ein Handtuch und einen Kulturbeutel in der Hand.

»Warum hast du dein Handy ausgestellt?«, fragte Kroll ein wenig zu vorwurfsvoll.

»Der Akku ist leer. Ich habe nicht daran gedacht, dass ich in meinem Zelt keine Ladestation habe.«

Reflexartig schaute Kroll auf sein Handy. Er hatte genug Akku. »Komm, lass uns in dein Zelt gehen.«

Wiggins nächtliche Aktion war erfolgversprechend. Er hatte herausgefunden, dass im BLACK HEAVEN, einer Szenekneipe im Leipziger Stadtteil Connewitz, heute ein Basar stattfand, an dem überwiegend Artikel verkauft wurden, die unter Satanisten begehrt waren.

Nach der Morgentoilette in den öffentlichen Anlagen, einem ausgiebigen Frühstück und der aufwendigen Verwandlung in die Szenekreaturen erreichten Anja, Kroll und Wiggins das BLACK HEAVEN gegen 10.30 Uhr. Ihre umgedrehten Kreuze trugen sie deutlich sichtbar über der Kleidung. Zunächst betraten sie den großen Gastraum, in dem Tapeziertische standen, die mit schwarzen Laken bedeckt waren. Darauf lagen Artikel, die sie aber nicht der Satanistenszene zuordnen konnten. Es waren eher die üblichen Utensilien bei Gotik-Treffen, überwiegend Kleidungsstücke vom Schuh bis zur Kopfbedeckung. Dazu kamen Schminkartikel, Bilder und unzählige Tonträger.

Sie gingen die enge Wendeltreppe in den Keller hinunter. Ihnen schallte Musik entgegen, die sie noch nie zuvor gehört hatten: Eine verzerrte Stimme brüllte zu elektrischen Gitarren, Synthesizerklängen und einem Schlagzeug, das mehr im Vordergrund war als üblich. In dem Kellerraum wurde das Licht durch schwarze Neonröhren gespendet. Die Verkaufstische unterschieden sich nicht von denen im Erdgeschoss. Nur die Auslage war anders: Bücher über den Satan, Schwarze Messen und die verschiedenen Ausrichtungen des Kultes. Praktische Gegenstände wie Halsketten, Handschellen, diverse Folterwerkzeuge und zahlreiche verunstaltete Kreuze, Pentagramme und andere Zeichen des Gefallenen Engels. An den Wänden hingen Gewänder, die an die sakrale Kleidung katholischer Priester erinnern würden, wären nicht die sich darauf befindenden Symbole eindeutig gewesen.

Hinter einem der Tische stand ein Mann, der offensichtlich der Verkäufer war. Er hatte lange schwarze und gelockte Haare, die nahezu sein ganzes Gesicht bedeckten. Sein schwarzer Mantel reichte bis zum Boden. Kroll und Wiggins fiel sofort das Video der Überwachungskamera vor der Arena ein. Von der Statur und dem Haarschnitt her konnte das ihr Mann sein. Sie studierten die Auslage auf dem Tisch, die Hände des Gegenübers immer im Augenwinkel beobachtend. Dann kam der Moment, auf den sie gewartet hatten: Er sortierte die metallenen Symbole auf dem Tresen. Das Pentagramm auf seinem Handrücken war deutlich zu sehen.

Kroll und Wiggins mussten sich nicht absprechen. Ein kurzes Nicken reichte. Sie gingen langsam und unauffällig an das jeweilige Ende des Tisches, bis sie freie Bahn hatten. Dann ging alles ganz schnell: Kroll drehte dem überraschten Verkäufer den Arm auf den Rücken und stieß ihn zu Boden. Wiggins fixierte den anderen Arm, die Handschellen klickten.

Die Polizeiaktion sorgte bei den übrigen Besuchern für eine kurze Schockstarre. Als diese nach nur wenigen Sekunden überwunden war, begannen erst einzelne und anschließend die gesamte Meute lauthals zu pöbeln. Wiggins stand auf, während Kroll weiterhin den Verkäufer auf den Boden drückte. Krolls rechtes Knie befand sich im Nacken, mit der rechten Hand drückte er das Gesicht auf den Boden. Der Verkäufer wehrte sich kaum und stöhnte nur ein paar unverständliche Flüche.

Wiggins hielt seinen Ausweis in die Höhe. »Ruhig bleiben, alle ganz ruhig bleiben. Wir sind von der Kripo Leipzig. Wir führen eine Festnahme durch. Am besten, Sie gehen alle einen Schritt zurück und lassen uns unsere Arbeit machen. Dann wird nichts passieren. Wir gehen mit diesem Mann hinaus, dann kann alles weitergehen wie bisher. Seien Sie vernünftig.«

»Niemand geht mit dem Mann heraus«, ertönte eine Stimme, die ruhig und besonnen klang. Die Polizisten konnten zunächst nicht sehen, wo die Stimme herkam. Im Raum herrschte Totenstille. Zwei Personen gingen auf den Tisch zu. Die Besucher machten bereitwillig Platz. Erst jetzt konnten Kroll und Wiggins den Ernst der Lage erkennen: Pilatus hatte Anja im Würgegriff. Er drückte ein Messer an ihren Hals. Ein Blutstropfen lief langsam an ihrer Haut herunter.

Kroll gab sich Mühe, die Ruhe zu bewahren. Er war Profi genug, aber Anja in dieser Situation zu sehen, trieb ihn an die Grenze seiner Belastbarkeit. »O.k., o.k., alles ist gut.«

Er stand auf und beachtete den Verkäufer nicht, der sich, immer noch mit Handschellen gefesselt, langsam aufrichtete. »Keine Panik! Ich schlage vor, wir klären das in Ruhe. Lass die Frau gehen, und dann reden wir.«

Pilatus verstärkte den Druck auf das Messer. Wieder lief ein Blutstropfen langsam an Anjas Hals herunter.

Pilatus war unbeeindruckt. Er fühlte sich überlegen und sicher. »Glaube nicht, dass du hier irgendwelche Bedingungen stellen kannst. Die Sache läuft so, wie ich es will, ist dir das klar?«

Kroll ging langsam um den Verkaufstresen herum und versuchte Pilatus mit abschwingenden Handbewegungen zu besänftigen. »Alles klar. Natürlich stellst du die Bedingungen. Also, was schlägst du vor?«

Sie standen sich nahezu gegenüber.

»Wir haben einen netten Heizungskeller. Gut gesichert mit einer schweren Brandschutztür. Und garantiert kein Handyempfang. Ich möchte euch bitten, da hineinzugehen.«

Kroll versuchte die Ruhe zu bewahren. Reden, reden, reden, das hatten sie ihm auf der Polizeischule für solche Situationen beigebracht. »Alles klar, machen wir. Wir gehen gleich in diesen Keller. Aber was machst du mit der Frau? Ich will sicher sein, dass ihr nichts passiert.«

Pilatus lächelte. Es war ein kaltes Lächeln. »Ich glaube, du hast mir gerade nicht richtig zugehört. Du stellst keine Bedingungen.«

Er sah Anja von der Seite an. »Ist doch ein hübsches Mädchen. Wir werden uns schon die Zeit vertreiben.«

Kroll spürte, wie die Wut in ihm hochkochte. Er konnte sich kaum zurückhalten. Dann kam der Moment, auf den er gewartet hatte. Irgendwo im Raum ließ jemand etwas fallen, vermutlich ein Bierglas. Für einen kurzen Moment wanderte Pilatus' Blick zur Seite. Das musste reichen. Kroll stürmte auf Pilatus zu und ergriff den Unterarm, unterhalb des Handgelenks, mit dem Pilatus das Messer hielt. Mit dem anderen Arm setzte Kroll einen Hebel an. Er hatte keine Veranlassung, Rücksicht zu nehmen. Ein Knacken war zu hören. Pilatus' Arm war im Bereich des Ellenbogens gebrochen. Er schrie laut vor Schmerzen.

Krolls Knie schnellte vor und traf den Solarplexus. Pilatus krümmte sich vor Schmerzen. Als Nächstes traf ihn ein gezielter Schlag auf das Kinn. Dann ging er zu Boden. Kroll stürzte sich auf ihn und malträtierte seinen Kopf mit weiteren Faustschlägen. »Du mieses Drecksschwein!«, schrie er nach jedem Schlag.

Kroll hätte Pilatus mit Sicherheit totgeprügelt, wenn Wiggins ihn nicht weggezogen hätte.

»Will sich hier noch jemand prügeln?«, schrie er in die Menge.

Die Besucher der zweifelhaften Verkaufsveranstaltung wichen langsam und lautlos zurück.

Gemeinsam mit dem Verkäufer gingen sie die Treppe hoch und verließen das BLACK HEAVEN. Draußen forderten sie einen Streifenwagen an.

»Zeig mal deinen Hals.«

Anja war verstört. Sie drehte sich langsam zu Kroll um. Die Schnittwunde schien nicht allzu schlimm zu sein. Die Klinge war nicht tief eingedrungen und hatte auch kein kritisches Gefäß verletzt. Ein Arzt würde zwei oder drei Stiche benötigen.

Kroll kramte ein Papiertaschentuch aus seiner Jacke und drückte es auf die Wunde. Dann nahm er Anja in den Arm. »Es tut mir so unendlich leid.«

Anja zitterte am ganzen Körper. Sie war noch nicht in der Lage, ein Wort herauszubringen.

»Es ist vorbei. Es ist vorbei. Wir fahren jetzt zum Arzt und dann nach Hause.« Sie stiegen in den VW-Bus ein, der soeben eingetroffen war.

Die Vernehmung führte Wiggins alleine durch, weil Kroll sich um Anja kümmern wollte.

Der bürgerliche Name des Verkäufers war Ricco Dünkel.

Sie saßen in dem nahezu sterilen Verhörraum in der zweiten Etage des Präsidiums. Wiggins drückte auf die grüne Taste des Aufnahmegerätes.

»Wir beginnen mit den Angaben zu Ihrer Person: Name?«

»Ich denke, ich kann hier die Aussage verweigern«, raunzte es Wiggins entgegen.

»Nicht die Angaben zur Person. Dazu kommen wir später.«

»Leck mich, scheiß Bulle.«

Wiggins blätterte in der Akte. »Dem Personalausweis, den wir bei Ihnen gefunden haben, konnten wir entnehmen, dass Ihr Name Ricco Dünkel ist. Sie wurden am 20.04.1976 in Döbeln geboren. Derzeit sind Sie wohnhaft in der Kochstraße 124 in Leipzig. Ist das richtig?«

»Leck mich!«

Wiggins fuhr routiniert und emotionslos fort. »Wir kommen zur Vernehmung. Ich belehre Sie darüber, dass ich Sie als Beschuldigten vernehme. Sie stehen unter dem dringenden Tatverdacht, Herrn Marko Großkreutz am Donnerstagabend vor der Arena in Leipzig getötet zu haben. Sie haben das Recht, die Aussage zu verweigern und einen Anwalt hinzuzuziehen. Möchten Sie von diesen Rechten Gebrauch machen?«

Dünkel sah gelangweilt auf die Uhr. »Mein Anwalt müsste gleich kommen.«

Wiggins konnte nur vermuten, wer den Anwalt informiert hatte. Wahrscheinlich war es jemand, der die Festnahme im BLACK HEAVEN mitbekommen hatte. Aber der Umstand, dass tatsächlich ein Anwalt auftauchte, war ein sicheres Indiz dafür, dass irgendjemand Dünkel nicht allein lassen wollte, ihm optimale rechtliche Betreuung zugesichert hatte. Das würde die Angelegenheit nicht gerade vereinfachen.

Der Rechtsbeistand von Dünkel war den Polizisten nicht unbekannt. Dr. Maschek kam, wie immer adrett gekleidet, ohne anzuklopfen durch die Tür. Er war Mitte 50, nicht größer als 1,60 Meter, das spärliche Haar trug er gescheitelt, sein Körper war hager, nur unter dem Mantel spannte sich ein riesiger Bauch. Er hatte einen labbrigen und feuchten Händedruck, das war der Grund, warum er im Präsidium nur Fischhand genannt wurde. Seine Stimme war piepsig und hell.

Der Anwalt kam gleich zur Sache. »Ich setze Sie davon in Kenntnis, dass mein Mandant die Aussage verweigern wird.«

Wiggins nickte wortlos.

Fischhand legte seinem Mandanten die Hand auf die Schulter. »Ich möchte zunächst ein persönliches Gespräch mit meinem Mandanten führen. Steht dafür ein Raum zur Verfügung?«

»Sicher.«

»Weiterhin muss ich Sie darüber informieren, dass mein Mandant drogenabhängig ist. Ich beantrage, dass er in medizinische Betreuung gegeben wird.«

Wiggins schaltete das Mikro aus, ohne eine Gefühlsregung zu zeigen. »Wir werden Herrn

Dünkel dem Amtsarzt vorstellen, wenn Sie Ihr persönliches Gespräch beendet haben. Noch was?«

»Wann ist der Termin vor dem Haftrichter?«

»Heute 16 Uhr.«

Am frühen Nachmittag traf Kroll in ihrem Büro im Präsidium ein.

»Wie geht's Anja?«, fragte Wiggins besorgt.

»Schon wieder besser. Die Verletzung am Hals ist nicht so schlimm, aber die ganze Situation macht ihr natürlich zu schaffen. So ein Messer am Hals ist einfach Scheiße. Sie hatte richtige Todesangst. Ich hoffe, dass sie schnell drüber wegkommen wird.«

»War wohl doch keine gute Idee, sie in den Fall einzubeziehen.«

»Ganz bestimmt nicht. Aber im Nachhinein ist man immer schlauer. Ich mache mir schreckliche Vorwürfe. So ein Ereignis kann einen Menschen traumatisieren und ein Leben lang beschäftigen. Ich war zu blauäugig und vor allem viel zu leichtsinnig. Wie konnte ich nur auf die bescheuerte Idee kommen, Anja mitzunehmen. Aber du weißt ja, wie das ist: Da hat man endlich ein freies Wochenende, auf das wir uns beide so lange gefreut hatten – und dann kommt dieser blöde Fall. Ich hatte eine elegante Möglichkeit gesehen, um beides zu verbinden. Ich hätte vernünftiger sein müssen. Einfach nur Scheiße!«

Wiggins versuchte, aufmunternde Worte zu finden. »Wir machen alle Fehler, Kroll. Aber Anja ist eine starke Frau. Sie wird darüber hinwegkommen. Auch wenn es bestimmt ein bisschen Zeit braucht. Du kannst sie nur unterstützen, und wenn du meine Hilfe brauchst, bin ich natürlich da.«

»Was ist mit Pilatus?«

»Haftbefehl ist erlassen. Er liegt zurzeit im Haftkrankenhaus. Wird gerade operiert. Du hast ihn böse erwischt. Ein komplizierter Bruch im Bereich des Ellenbogens.«

»Wenigstens etwas«, murmelte Kroll, bevor er zur Tagesordnung überging. »Bring mich mal auf den aktuellen Stand.«

»Der Verkäufer ist ein gewisser Ricco Dünkel. Der hat einen Anwalt. Und jetzt rate mal, wen.«

»Fischhand«, kam es wie aus der Pistole geschossen.

»Bingo.«

»Und der verweigert die Aussage.«

Wiggins nickte mit einem ironischen Lächeln. »Natürlich. Und drogensüchtig ist der wohl auch, behauptet jedenfalls Fischhand.«

Kroll ging zum Fenster und sah hinaus, das tat er häufig, wenn er überlegte. »Da stellen sich doch gleich eine Menge Fragen: Erstens, woher weiß Fischhand, dass Dünkel drogensüchtig ist? Wir müssen davon ausgehen, dass die beiden bislang keinen Kontakt hatten. Zweitens, wie kann ein Junkie sich so einen Anwalt leisten? Der kostet mindesten 200 Euro in der Stunde. Und drittens, wer bezahlt Fischhand? Viertens, wer hat den Kontakt von Dünkel zu Fischhand hergestellt? Wir müssen davon ausgehen, dass es sich um einen Auftragsmord handelt. Irgendjemand, unser großer Unbekannter, hat Dünkel für das Attentat bezahlt. Sicher jemand, der richtig viel Kohle hat. Vermutlich war Dünkel ein leichtes Opfer: Er brauchte Geld, man hat ihm einen guten Anwalt versprochen und ihm gesagt, dass er aufgrund seiner Abhängigkeit ohnehin nur vermindert schuldfähig sei und daher keine schwere Strafe zu befürchten habe.«

»Dann sind wir einen Schritt weiter. Wir wissen, in welchem Terrain wir suchen müssen. Dann hat Fischhand uns ausnahmsweise mal geholfen, ohne es zu wollen. Das erlebt man auch nicht alle Tage.«

»Wir sollten mit diesem Pilatus reden«, unterbrach Kroll einen kurzen Moment des Schweigens. »Der steckt in der ganzen Sache mit drin. Es ist doch kein Zufall, dass gerade der versucht hat, die Festnahme von diesem Dünkel zu verhindern.«

»Sicher«, bestätigte Wiggins. »Aber jetzt ist bestimmt kein günstiger Zeitpunkt. Aus dem kriegen wir bestimmt kein Wort heraus. Wir versuchen gerade Informationen über ihn einzuholen. Vielleicht sollten wir warten, bis wir schlauer sind. Ich wüsste gerne erst, wie diese ganze Satanistenszene organisiert ist.«

Kroll wurde ungeduldig. Er lief im Büro hastig auf und ab. »Hat die Durchsuchung von Dünkels Wohnung etwas ergeben?«

Wiggins schüttelte mit dem Kopf. »Wohnung ist etwas übertrieben. Der hat eine kleine Behausung in Connewitz. Die sieht genauso aus, wie man es bei einem Heroinabhängigen erwartet. Total verwahrlost, total vermüllt. Die Kollegen von der Spurensicherung waren nicht zu beneiden, als sie sich durch den Dreck kämpfen mussten. Gefunden haben wir bislang nichts. Natürlich ist die Auswertung der Spuren nicht abgeschlossen, aber ich mache mir wenig Hoffnung.«

Sie wurden aus ihren Gedanken gerissen, als die Bürotür aufsprang. Ein junger Kollege stürmte herein und hielt triumphierend einen durchsichtigen Beutel in der Hand. Darin befand sich ein Messer. »Wir haben die Tatwaffe gefunden, zumindest sind wir uns ziemlich sicher.«

»Wo?«

»Sie lag in einem Mülleimer in der Waldstraße, an der Haltestelle Mückenschlösschen. Der Täter hat sich nicht die Mühe gemacht, die Waffe zu verstecken.«

»Habt ihr schon was?«, war Wiggins neugierig.

»Wir konnten noch keinen DNA-Test durchführen, aber Dünkels Fingerabdrücke sind auf jeden Fall drauf. Ich gebe das Messer ins Labor.«

»Gute Arbeit«, lobte Kroll. »Sag denen im Labor bitte, dass sie die Sache vorziehen sollen. Wir haben es eilig.«

Der junge Kollege blieb in der Tür stehen. »Wir haben noch etwas herausgefunden, was für uns vermutlich nicht ganz uninteressant ist: Wir haben uns einmal die Tätowierungen von Ricco Dünkel genauer angesehen. Der ist praktisch vom Paulus zum Saulus geworden.«

Kroll und Wiggins sahen ihren Kollegen fragend an. »Sein ganzer Oberkörper, einschließlich der Arme ist voller Tattoos. Auf den ersten Blick nichts Ungewöhnliches. Wirklich geschickt gemacht. Aber wenn man genauer hinsieht, sieht man, dass eine Vielzahl von älteren Tätowierungen überstochen wurde, teilweise wurden die alten Symbole nur verändert. Der hatte auf dem Rücken zum Beispiel ein altes christliches Motiv. Der gekreuzigte Jesus und unter dem Kreuz Johannes, sein Lieblingsjünger, und Maria, die Gottesmutter. Johannes hat eine Fratze und Hörner bekommen. Er stellt den Satan dar, der Jesus eine Lanze ins Herz sticht. Wie gesagt: alles gut gemacht, aber unsere Spezialisten erkennen so etwas sofort.«

Der junge Kollege holte tief Luft, bevor er weiterredete. »Und so sind uns ganz viele Tattoos aufgefallen. Das interessanteste ist wohl eine Schrift: Malus Deus. Das heißt übersetzt so viel wie: Böser Gott!«

Die Kommissare sahen den jungen Polizisten interessiert an. »Das ›l‹ in Malus wurde geschickt eingefügt. Es wurde ein ›n‹ überstochen. Und um aus ›Dei‹ ›Deus‹ zu machen, bedarf es keiner großen Tätowierkunst.«

Wiggins war sofort im Bilde. »MANUS DEI«, sagte er emotionslos. »Der war mal Mitglied in dem Verein.«

Kroll war immer noch ungeduldig. »Kann mir bitte jemand erklären, worüber ihr genau redet? MANUS DEI hat doch die Proteste gegen Luther organisiert, behauptet der zumindest.«

Wiggins nahm es seinem Kollegen nicht übel, dass er die Akten nicht gelesen hatte. Zum einen war er der Aktenfresser von den beiden, und zum anderen hatte sich Kroll um Anja kümmern müssen. »Manus Dei ist eine erzkatholische Organisation. Die leben die Kirche wie im Mittelalter. Lateinische Messen, veraltete Bußrituale, der

Priester schaut nicht in die Gemeinde, alles furchtbar streng. Aber was für unseren Fall bekannterweise das Wichtigste ist: Manus Dei hat in erster Linie den Widerstand bei den Veranstaltungen von Martin Luther organisiert. Die waren und sind so etwas wie die Rädelsführer. Auch in Leipzig hatten sie die Gegendemonstranten unter ihrer Regie.«

»Dann haben wir also eine Querverbindung. Also, weitermachen.«

Der Termin beim Haftrichter verlief, wie es die Polizisten erwartet hatten. Anwalt Fischhands Strategie bestand zunächst darin, zu erfahren, welche konkreten Verdachtsfälle gegen seinen Mandanten vorlagen. Wie immer trat er selbstbewusst und arrogant auf. »Wenn ich richtig informiert wurde, befindet sich Herr Dünkel in Untersuchungshaft, weil auf einem unscharfen Foto eine Tätowierung zu sehen ist, die ein Pentagramm darstellt. Ist das nicht ein bisschen wenig?«

Der Haftrichter blieb wie immer gelassen. Er war Mitte 50, seine Körperfülle erinnerte an eine Buddhastatue, seine innere Ruhe auch. Die berufliche Erfahrung des Richters hatte ihn gelehrt, sich an die Fakten zu halten und sich nicht von übermotivierten Anwälten aus der Ruhe bringen zu lassen. Und von Maschek schon gar nicht. Er blätterte in der roten Akte und sah dem Anwalt in die Augen. »Wie man es nimmt. Das Foto mag zwar unscharf sein, aber das Tattoo ist deutlich zu erkennen.«

Maschek beugte sich vor. »Aber ich bitte Sie. Das Foto zeigt eine Hand mit der Tätowierung eines Pentagramms. Derartige Tätowierungen sind doch nun wirklich nicht selten und in gewissen Kreisen sehr beliebt. Und bedenken Sie bitte: Wir haben in Leipzig das WAVE-GOTIK-Treffen. Wahrscheinlich rennen derzeit Hunderte von Personen mit dieser Tätowierung rum.«

»Und die sind alle auf der Hand?«, hakte der Richter nach.

Maschek stöhnte genervt auf. Sein Ton wurde schärfer. »Zumindest die meisten.«

Kroll mischte sich in das Gespräch ein. »Herr Rechtsanwalt Dr. Maschek hat wohl vergessen zu erwähnen, dass wir die Fingerabdrücke von Ricco Dünkel auf der Tatwaffe gefunden haben.«

Maschek gab sich Mühe, die Ruhe zu bewahren. »Tatwaffe! Tatwaffe! Das ist ja interessant. Gut. Sie haben ein Messer in einem Mülleimer gefunden, auf dem sich offensichtlich die Fingerabdrücke meines Mandanten befinden. Und warum sind Sie sich so sicher, dass das die Tatwaffe ist? Vielleicht hat mein Mandant nur ein altes Messer weggeworfen, das er ohnehin nicht mehr brauchte.«

Der Richter sah Kroll fragend an. »Wir haben es in der Nähe des Tatortes gefunden, in einem Mülleimer, keine 150 Meter von der Arena entfernt.«

Der Anwalt kam langsam auf Betriebstemperatur. »Ach, das ist ja wunderbar. Sie finden ein Messer mit den Fingerabdrücken meines Mandanten. Daran befindet sich Blut. Zugegeben. Mein Mandant ist stark heroinabhängig. Er ernährt sich von allem, was auf die Schnelle und billig im Kaufhaus zu erwerben ist. Er hat sich vielleicht nur ein Stück Blutwurst abgeschnitten, weil er Hunger hatte. Ist denn erwiesen, dass das Blut auf dem Messer tatsächlich vom Opfer stammt?«

Der Richter sah Kroll wieder fragend an.

»Das Labor ist noch nicht so weit.«

Mascheks triumphales Lächeln wurde durch Krolls Nachsatz abrupt abgewürgt. »Ich habe schon oft Wurst mit einem Messer abgeschnitten, aber danach das Messer nie sofort weggeworfen.«

Der Blick des Richters wanderte wieder zu Maschek. »Was bedeutet das schon? Dafür gibt es vielleicht eine einfache Erklärung.«

»Und die wäre?«, hakte der Richter nach.

Der Anwalt zuckte mit den Schultern. Es war einer der wenigen Momente, in denen er um eine Antwort verlegen war. »Was weiß ich, aber das lässt sich bestimmt aufklären.«

Kroll beschloss, die kleine Schwäche des Anwaltes auszunutzen. »Bitte denken Sie an die Umstände der Festnahme von Ricco Dünkel. Wir erleben es nicht allzu häufig, dass sich Dritte, wie in diesem Fall Herr Klaus Brinkmann, körperlicher Gewalt bedienen, um eine Festnahme zu verhindern.«

Fischhand hatte zu alter Form gefunden. »Das wird ja immer schöner. Was kann denn bitteschön mein Mandant für das Verhalten von irgendwelchen kranken Typen? Dieser Brinkmann kam aus der Gotikszene. Wahrscheinlich stand der unter Drogen oder hatte Lust auf Gewalt. Wir kennen doch seine Motive überhaupt nicht. Auch da muss man der Polizei schlampige Ermittlungen vorwerfen. Was wissen wir über …«

Der Richter fiel ihm ins Wort. »Herr Rechtsanwalt Dr. Maschek. Wir brauchen keinen 100-prozentigen Beweis für die Täterschaft. Heute habe ich über die Frage zu entscheiden, ob ein dringender Tatverdacht vorliegt. Und den haben wir allemal, zumindest aus meiner Sicht. Ihr Mandant bleibt der staatlichen Betreuung erhalten. Ich werde verfügen, dass er in ein Haftkrankenhaus verlegt wird, um seine Drogenabhängigkeit zu untersuchen und ihm die erforderliche medizinische Betreuung zu gewährleisten.«

Der Richter stand auf. »Das war's, meine Herren.«

SONNABEND VOR PFINGSTEN, ABENDS

Pius Ratzenburg, der Vorsitzende von MANUS DEI, schien nicht überrascht zu sein, dass die Polizei in ihrer Villa auftauchte, und falls doch, ließ er es sich nicht anmerken. Auf Kroll und Wiggins machte der hagere Mann einen undurchsichtigen, fast schon unheimlichen Eindruck. Er bat die Kommissare, an einem alten Holztisch Platz zu nehmen, der in einem dunklen Raum stand, welcher wohl das Besprechungszimmer darstellte. An den Wänden hingen großformatige Gemälde, auf denen Geistliche im Ornat abgebildet waren. Über der Eingangstür hing ein kunstvolles Kreuz mit Corpus. Ratzenburg setzte sich an die Stirnseite des Tisches, wenig später gesellte sich Birk Ehrenthaler dazu. Ratzenburg sah Kroll ausdruckslos an.

»Herr Ratzenburg, Sie können sich sicher vorstellen, warum wir hier sind«, begann Kroll das Gespräch.

Der Vorsitzende faltete die Hände und legte sie langsam auf die Tischplatte. »Nein.«

»Am Donnerstagabend ist Herr Marko Großkreutz erstochen worden, vor der Arena, unmittelbar nach der Veranstaltung von Martin Luther.«

»Das ist sehr bedauerlich. Möge seine Seele in Gottes Hand und in Frieden ruhen.«

Schon jetzt war Kroll klar, dass sein Gegenüber nicht mehr preisgeben würde als unbedingt erforderlich. Er setzte die Vernehmung unbeirrt fort. »Das Opfer hat an einer Veranstaltung von Luther teilgenommen. Als Marko Großkreutz und seine Frau die Arena verließen, wurde er mit einem gezielten Messerstich getötet. Der Täter gehörte zu den Gegendemonstranten.«

Die Augen des Vorsitzenden sahen Kroll aus tiefen Augenhöhlen an. Seine Stimme war leise, aber fest. »Ich weiß immer noch nicht, warum Sie uns das erzählen. Aber wenn Sie einen Zusammenhang zwischen unserer Gemeinschaft und diesem abscheulichen Verbrechen suchen, werden Sie keinen Erfolg haben.«

»Warum opponieren Sie eigentlich gegen diesen Martin Luther?«, übernahm Wiggins das Gespräch.

Die Augen des Priesters wanderten langsam zu Wiggins, der Kopf bewegte sich nicht. »Dieser Martin Luther verbreitet einen Irrglauben. Wir sehen es als unsere Aufgabe an, die Menschen darauf aufmerksam zu machen, damit sie nicht auf diesen Menschen hereinfallen. Luther geht es nicht um die Verkündung von Gottes Wort, er betreibt ein kommerzielles Geschäft, das er sich in Amerika abgeschaut hat. Das ist Häresie im wahrsten Sinne des Wortes.«

»Und worin besteht dieser Irrglaube?«, hakte Wiggins nach.

»In einer Vielzahl von Thesen: Luther verlässt die christliche Sexualmoral. Er predigt in dieser Hinsicht eine Weltanschauung, die mehr mit der 68er-Bewegung gemein hat als mit moralischen Wertvorstellungen. Der Zeugungsakt dient nicht dem Vergnügen, sondern dem Schenken von gottgewolltem Leben. Gleiches gilt für seine Einstellung zur Empfängnisverhütung und zur Abtreibung. Wenn die von Gott geschenkte Natur in dieser Welt neues Leben entstehen lässt oder entstehen lassen möchte, stellt sich der Mensch, der in diesen Willen eingreift, über Gott. Das ist ein Verbrechen an dem ungeborenen Leben und an Gottes Willen. Leider übersieht Luther auch, dass Jesus Christus unser Herr ausschließlich männliche Jünger hatte, die er beauftragte, sein Wort zu verkünden. Wenn Luther ständig den Frauen einredet, auch ihnen stünde diese Aufgabe zu, beansprucht er eine Rolle, die der Frau nicht zusteht, und sorgt damit für Unruhe. Er erwähnt natürlich nicht, dass die Kirche mit der größte Arbeitgeber für Frauen ist.«

Ratzenburg machte eine kleine Pause. »Ich könnte diese Beispiele endlos fortsetzen: Luther will das Papsttum abschaffen, das heilige Sakrament der Beichte, am besten gleich die ganze Heilige Kirche, bis alle Menschen ihren Glauben nur nach ihm ausrichten und seine Taschen füllen.«

Kroll und Wiggins hielten es nicht für erforderlich, die Überzeugungen des Priesters zu diskutieren. Das würde sie nicht weiterbringen und war ohnehin nicht erfolgversprechend. Daher beschloss Kroll, zur eigentlichen Polizeiarbeit zurückzukehren. »Was sind denn das für Menschen, die Ihre Gegenveranstaltungen besuchen?«

»Ich würde unser Wirken nicht als Gegenveranstaltung bezeichnen, nicht einmal als Veranstaltung. Wir haben die Stimme des Schweigens. Allein durch unsere Anwesenheit in absoluter Stille geben wir unserer Auffassung Ausdruck. Wir wollen den Menschen zeigen, dass wir, genauso wie viele andere, mit den Irrlehren Luthers nicht einverstanden sind.«

»Aber was sind das für Menschen, die mit Ihnen auf die Straßen und Plätze gehen?«, wiederholte sich Kroll.

»Herr Hauptkommissar, ich fürchte, Sie überschätzen unseren Einfluss. Wir sind nicht Veranstalter dieser Aktionen, schon gar nicht im Sinne des Versammlungsrechts. Wir laden die Brüder und Schwestern unserer Gemeinschaft ein, und deren Anzahl ist durchaus überschaubar. Die dürfte sich bei der Vielzahl der Teilnehmer im Promillebereich halten.«

»Aber Sie nutzen auch soziale Netzwerke wie Facebook, Twitter und so weiter.«

»Ein Teufelszeug«, entwich es Ratzenburg, »aber in den heutigen Zeiten leider unentbehrlich. Lesen Sie bitte genau nach, was wir über diese so genannten neuen Medien veröffentlichen: Wir teilen mit, wo wir uns treffen und sind, im Rahmen unserer bescheidenen Möglichkeiten, bei der Suche nach einer Unterkunft behilflich. Das ist auch schon alles.«

»Aber den Sitzstreik auf den Bahngleisen haben doch Sie organisiert, oder?«

»Das ist nicht richtig. Bei der Veranstaltung von Luther am letzten Donnerstag haben wir lediglich angegeben, wo wir uns treffen. In diesem Fall war es der Waldplatz. Häufig entwickelt sich eine Eigendynamik, für die wir nicht verantwortlich sind.«

»Im juristischen Sinn.«

»In keinem Sinn.«

»Und jetzt ist durch diese Eigendynamik, wie Sie es nennen, ein unschuldiger Mensch gestorben«, bemerkte Kroll.

»Dieses abscheuliche Verbrechen verurteilen

wir auf das Schärfste, aber das sagte ich bereits. Ich kenne nicht den Grund für diese Tat. Aber vielleicht wissen Sie mehr.«

»Ja, das tun wir allerdings. Wir müssen davon ausgehen, dass der Täter ein gewisser Ricco Dünkel ist. Kennen Sie ihn?«

»Der Name ist mir völlig unbekannt.«

Kroll wandte sich direkt an Birk Ehrenthaler, der noch kein Wort von sich gegeben hatte. »Und Sie, Herr Ehrenthaler, sagt Ihnen der Name Ricco Dünkel etwas?«

Ehrenthaler wurde verlegen. Den Grund dafür konnten die Polizisten nicht einschätzen. Vielleicht lag es daran, dass auf einmal nicht nur sein Chef, sondern auch er selbst reden sollte. »Nein, ich habe den Namen auch noch nie gehört.«

»Wir haben Anhaltspunkte, dass Dünkel einmal Mitglied in Ihrer Gemeinschaft war.«

Ratzenburg ergriff das Wort. »Welche Anhaltspunkte sollen das sein?«

»Das können wir nicht erzählen, aus ermittlungstaktischen Gründen.«

Ratzenburg akzeptierte Krolls Antwort. »Ich bin in erster Linie nicht für unsere Brüder und Schwestern in Leipzig zuständig. Ich bin Prior unserer gesamten Kirche, national und international.«

Wiggins wandte sich an Ehrenthaler. »Aber Sie können uns bestimmt weiterhelfen.«

»Ich sagte Ihnen doch gerade, dass ich diesen Namen noch nie gehört habe.«

»Seit wann gehören Sie der Leipziger Gemeinschaft an?«

»Seit ungefähr fünf Jahren.«

»Aber es gibt bestimmt Unterlagen, in denen Sie nachschauen können, oder?«

Ehrenthaler sah seinen Prior an. Ein kurzes Nicken bedeutete ihm, dass er nachsehen durfte. »Einen Moment bitte.« Er verließ den Raum.

Nach wenigen Minuten kam er zurück. Birk Ehrenthaler setzte sich wieder neben seinen Chef, suchte seinen Blick, der regungslos erwidert wurde. Er räusperte sich. »Ich habe in den alten Unterlagen nachgesehen. Ein gewisser Ricco Dünkel war tatsächlich einmal Mitglied unserer Gemeinschaft. Vor sechs Jahren. Aber nicht lange, nur ein knappes Jahr.«

Kroll wurde neugierig. »Und warum hat er Ihre Gemeinschaft verlassen?«

»Das kann man aus den Unterlagen leider nicht ersehen.«

»Gut.« Kroll blieb betont gelassen. Er griff nach seinem Notizblock. »Dann hätte ich gerne eine Liste aller Mitglieder aus Ihrer Leipziger Niederlassung, die zur selben Zeit wie Dünkel in Ihrer Gemeinschaft waren.«

Pius Ratzenburg beeilte sich, das Wort zu

ergreifen. »Ich fürchte, das wird nicht möglich sein. Wir sind eine Glaubensgemeinschaft. Diskretion ist für uns und unsere Mitglieder von sehr großer Bedeutung.«

»Wir wollen ja nicht, dass Sie Ihr Beichtgeheimnis brechen. Das sind völlig belanglose Informationen.«

»Ich fürchte, ich muss auf einem gerichtlichen Beschluss bestehen.«

Kroll kritzelte etwas Belangloses in seinen Block. »Halten wir also fest, dass der mutmaßliche Mörder von Marko Großkreutz einmal ein Mitglied Ihrer Gemeinschaft war. Wir werden uns bemühen, zu verhindern, dass diese Information an die Presse weitergegeben wird.« Er lächelte freundschaftlich. »Aber Sie kennen diese Journalisten. Irgendwie erfahren die doch immer alles. Die Polizei ist kein kleiner Apparat, und im Zweifel verplappert sich immer irgendeiner.«

Wäre das Gesicht des Priors nicht schon von Anfang an starr und bewegungslos gewesen, wären seine Gesichtszüge spätestens jetzt verhärtet. »Ich halte es nicht für seriöse Polizeiarbeit, in der Öffentlichkeit einen Zusammenhang zwischen einem Mörder und unserer Gemeinschaft herzustellen, zumal dieser Dünkel seit Jahren nicht mehr Mitglied unserer Gemeinschaft ist.«

»Und ich denke, es hat relativ wenig mit christlicher Nächstenliebe zu tun, der Polizei Informationen vorzuenthalten, die bei der Aufklärung eines Mordes von Bedeutung sein könnten. Die Öffentlichkeit wird sicher darüber spekulieren, warum Sie unsere Arbeit behindern.«

Wieder dieser unheimliche Blick. »Wir werden Ihnen die Namen zukommen lassen. Ich darf Sie trotzdem um größtmögliche Diskretion bitten. Ich gehe davon aus, dass Sie unser Entgegenkommen zu schätzen wissen.«

Wiggins warf seine Visitenkarte auf den Tisch. »Hierauf finden Sie unsere Kontaktdaten. Ich darf davon ausgehen, dass wir die Namen spätestens morgen bekommen.«

Kroll lächelte Ehrenthaler an und wandte sich an Wiggins. »Wie heißt denn unser Pilatus mit richtigem Namen?«

»Klaus Brinkmann.«

»Gut, dann würde mich interessieren, ob auch dieser Herr einmal Mitglied Ihrer Gemeinschaft war.«

Ehrenthaler verließ wieder für wenige Minuten den Raum. »Er war zur gleichen Zeit bei uns Mitglied wie Dünkel. Sie haben unsere Gemeinschaft zur selben Zeit verlassen.«

»Wer ist Klaus Brinkmann?«, fragte der Prior.

Die Polizisten verließen den Raum. »Haben Sie vielen Dank für Ihre Kooperation.«

Kroll und Wiggins beschlossen, den Abend bei einem Bier in der Münzbar Revue passieren zu lassen. Die Münzbar war eine gemütliche Sportkneipe, in der sie sich schon viele Fußballspiele angeschaut hatten. Sie setzten sich an die Theke. Matthias, der Inhaber, ein ehemaliger Fußballprofi, versorgte sie ungefragt mit Bier. Sie stießen an.

Kroll spielte nachdenklich mit einem Bierdeckel. »Viel haben wir noch nicht. Vor allem weiß ich nicht, was wir von der Querverbindung von Dünkel und Brinkmann zu MANUS DEI halten sollen. Die sind beide seit sechs Jahren raus und haben komplett die Seiten gewechselt. Es ist nur schwer vorstellbar, dass noch alte Beziehungen bestehen sollen.«

Wiggins zuckte mit den Achseln. »Keine Ahnung. Wir müssen der Sache auf jeden Fall nachgehen. Vielleicht haben unsere frommen Brüder etwas gegen die in der Hand.«

»Da sind ja die Legenden der Polizeiarbeit«, ertönte eine Stimme hinter ihnen. Der Lokalreporter Günther Hirte setzte sich neben die Polizisten. Matthias stellte ungefragt eine Bloody Mary auf den Tresen.

»Schön, dass ich euch treffe. Ihr habt bestimmt Neuigkeiten für einen Journalisten, der verschwiegen ist wie ein Grab.«

Kroll und Wiggins kannten Günther Hirte schon lange und hatten sich mit ihm angefreundet. Sie wussten, dass ein Geben und Nehmen an Informationen schon häufig hilfreich war. Hirte war ein guter Rechercheur, er hatte ihnen schon oft nützliche Informationen gegeben.

»Also ihr Experten. Ihr habt gerade die einmalige Gelegenheit, mir zu der lange verdienten Gehaltserhöhung zu verhelfen.«

Kroll bestellte zwei Bier und lächelte Hirte an. »Wenn du alle Gehaltserhöhungen zusammenzählst, zu denen wir dir verholfen haben, könntest du wegen Reichtums schließen.«

»Stimmt, ich bin schon lange Privatier und arbeite nur wegen der Langeweile. Also, vertreibt sie mir mal.«

Kroll lächelte. »Wir haben einen Mann verhaftet, der unter dringendem Tatverdacht steht, den Mord begangen zu haben.«

»Sensationell«, bemerkte der Journalist trocken. »Hat der auch einen Namen?«

»Nennen wir ihn Ricco D.«

Hirte trank den Bloody Mary halb leer. »Ist das alles?«

»Mein lieber Günther. Das ist eine Exklusivinformation. Die haben wir bislang nicht an die Presse weitergegeben. Du hast die Story als Einziger, was willst du mehr?«

Hirte bestellte drei Whiskeys. »Vielleicht ein paar Hintergrundinfos.«

Kroll prostete Hirte mit dem Whiskey zu und nippte an dem Glas. »Wir gehen beim derzeitigen, natürlich nur vorläufigen Stand der Ermittlungen davon aus, dass D. nicht die eigentliche Hauptperson ist. Wir glauben, da gibt es weitere im Hintergrund.«

Hirte leerte den Whiskey in einem Zug und bestellte eine frische Bloody Mary. »Und wer soll das sein?«

Wiggins schwitzte Blut und Wasser, weil er befürchtete, dass Kroll die neuesten Erkenntnisse über MANUS DEI weitergeben würde. Aber seine Sorge war unberechtigt. »Jetzt bist du dran«, erwiderte Kroll.

»Ich habe mit Luther und seiner rechten Hand, dieser Anja, geredet. Die waren aber verschlossen wie eine Auster.«

»Das ist jetzt aber nicht allzu viel«, bemerkte Wiggins.

»Ich bin auch noch nicht fertig«, beeilte sich der Reporter. »Diese Anja ist ein ziemlich scharfes Geschoss. Ich habe mich die ganze Zeit gefragt, ob das mit dem Luther nur eine Zweckgemeinschaft ist oder ob die was miteinander haben. Dann habe ich mich in der Arena bei den Leuten umgehört, die die Technik abgebaut haben und, man höre und staune, die haben was miteinander. Ziemlich heftig sogar.«

»Das überrascht mich nicht«, dachte Kroll laut.

»Aber jetzt kommts.« Hirte nippte langsam an seiner Bloody Mary, um die Spannung zu steigern. »Die Anja ist verheiratet. Mit einem Italiener, Paolo Rocchiani. Der arbeitet auch in der Crew von Luther. Und Italiener sind heißblütig, das wissen wir alle.«

Wiggins sah den Reporter interessiert an. »Hast du schon mit ihm gesprochen?«

Hirte schüttelte mit dem Kopf. »Bis jetzt nicht.«

»Ich schmeiß noch eine Runde«, sagte Kroll anerkennend und gab Matthias ein Zeichen.

PFINGSTSONNTAG

Auf ihrem Zeltplatz herrschte hektisches Treiben. An diesem Morgen schienen sämtliche Teilnehmer des Wave-Gotik-Treffens Frühaufsteher zu ein. Das hing sicherlich mit der Vielzahl der Veranstaltungen zusammen, die an diesem Tage stattfanden.

Kroll und Wiggins reihten sich in die Schlange vor dem Haus ein, in dem die Duschen und Toiletten untergebracht waren. Nach der Morgentoilette bauten sie ihre Zelte ab. Es machte keinen Sinn mehr, auf dem Zeltplatz zu bleiben. Hier würden sie keine wertvollen Informationen erhalten, und Kroll war froh, wieder mit Anja die Wohnung zu teilen.

Martin Luther und Anja Rocchiani empfingen die Kommissare in ihrer Suite im WESTIN. Sie setzten sich an einen kleinen Tisch.

»Ich habe gehört, Sie konnten schon jemanden verhaften«, eröffnete Luther ohne Umwege das Gespräch. »Herzlichen Glückwunsch zu diesem schnellen Erfolg. Natürlich sind wir sehr erleichtert, dass Sie den Mörder so schnell dingfest machen konnten. Wir hatten alle ein ungutes

Gefühl, solange so ein Mensch frei herumläuft, das können Sie sich sicher vorstellen.«

Kroll verspürte wenig Lust, auf die Gefühlswelt von Luther einzugehen. »Wir gehen davon aus, dass wir den Täter gefasst haben. Er stammt aus der Gotik-Szene: verwahrlost, arbeitslos und drogenabhängig.«

Luther konnte oder wollte nicht begreifen, worauf Kroll hinauswollte. »Das ist schrecklich. Was treibt einen Menschen dazu, so eine schreckliche Tat zu begehen?«

Wiggins half dem Prediger auf die Sprünge. »Geld, einfach nur schnelles Geld. Ein klassischer Auftragskiller.«

Anja Rocchiani brachte sich in das Gespräch ein. »Aber das kann ich gar nicht glauben. Wer sollte denn hinter dieser Tat stehen?«

»Wir dachten, Sie könnten uns weiterhelfen«, hakte Wiggins nach.

Beide schüttelten synchron mit dem Kopf. »Wir? Warum gerade wir?«

»Der Mann, den wir festgenommen haben, ist ein gewisser Ricco Dünkel. Sagt Ihnen der Name etwas?«

»Nie gehört«, beeilte sich die Assistentin. »Warum sollten wir?«

»Was wissen Sie alles über die Glaubensgemeinschaft MANUS DEI?«, fragte Kroll.

»Das habe ich Ihnen doch erzählt. Das ist eine erzkatholische Truppe. Die versuchen, uns bei jeder Veranstaltung das Leben schwerzumachen«, antwortete Luther. »Für mich ist das ein Haufen religiöser Spinner, die noch im Mittelalter leben. Wenn es nach denen ging, würden die wahrscheinlich alte alleinstehende Frauen als Hexen verbrennen.«

»Dann trauen Sie denen wohl einen Mord zu«, griff Kroll die letzte Bemerkung des Predigers auf.

»Das war nicht wörtlich gemeint. Ich kenne diese Leute nicht näher. Ich habe noch nie mit einem von denen geredet. Ich weiß wirklich nicht, wozu die in der Lage sind und was die vorhaben. Religionsfreiheit und das Recht auf freie Meinungsäußerung scheinen bei denen auf jeden Fall nicht an erster Stelle zu stehen. Aber bislang sind die nie durch Gewalt in Erscheinung getreten, und ich habe die für harmlos gehalten.«

»Und Sie?«, wandte sich Wiggins an Rocchiani.

»Keine Ahnung. Ich kann nicht mehr dazu sagen. Als Managerin war ich denen nicht einmal böse. MANUS DEI hat extrem polarisiert. Und allein durch den Umstand, dass bei unseren Veranstaltungen immer Gegendemonstranten auftauchten, haben die Medien sich für uns interessiert. Das hat inzwischen eine eigene Dynamik angenommen. Unsere Anhänger wollten Flagge zeigen.«

»Und jetzt? Hat das Attentat Ihnen geschadet?«

»Das können wir noch nicht abschätzen. Aber genutzt hat es auf keinen Fall. Sicherlich werden viele Besucher abgeschreckt sein und nicht mehr kommen.«

Kroll wechselte abrupt das Thema. »Wir haben erfahren, dass Ihr Mann Paolo auch in Ihrem Team arbeitet. Sie beide haben eine sehr enge Beziehung. Führt das nicht zu Spannungen?«

Anja Rocchiani lachte abrupt auf. Das Lachen wirkte gekünstelt. »Nein, das haben mein ehemaliger Mann und ich vor Jahren geklärt. Wir sind schon lange kein Paar mehr.«

»Immerhin sind Sie noch verheiratet«, warf Wiggins ein.

»Ja, aber nur auf dem Papier. Wir haben uns vor fast drei Jahren getrennt. Ich habe noch nicht die Zeit für eine Scheidung gefunden. Wir sind ständig unterwegs. Aber mein Mann und ich haben alles geregelt, das Persönliche wie das Finanzielle.«

»Wie ist es dazu gekommen, dass Sie beide hier arbeiten?«

Anjas Lachen war verschwunden. »Ich wüsste nicht, was Sie das angeht.«

Auch Kroll war nicht nach Scherzen zumute.

»Uns geht alles etwas an, wenn wir einen Mord aufklären müssen. Aber wenn Sie es genau wissen möchten: Eifersucht ist ein häufiges Tatmotiv. Natürlich müssen wir uns näher mit Ihrem Mann beziehungsweise Exmann befassen.«

Wieder dieses künstliche Lachen. »Das ist doch schwachsinnig. Paolo wäre nie in der Lage, so etwas zu tun. Und wenn schon. Dann würde er lieber gleich mich oder Martin umbringen lassen und nicht irgendeinen harmlosen Besucher unserer Veranstaltung.«

»Aber Sie haben doch selbst gesagt, dass er Ihnen geschadet hat. Wir werden der Sache nachgehen, darauf können Sie sich verlassen.«

Martin Luther zog es vor, sich wieder in das Gespräch einzumischen. Die Spannung, die zwischen Kroll und Anja aufzog, irritierte ihn. »Selbstverständlich beantworten wir gerne Ihre Fragen. Anja und Paolo haben vor gut vier Jahren bei mir angefangen. Paolo ist gelernter Elektriker, und mit dieser Qualifikation konnte ich ihn sehr gut beim Auf- und Abbau der Technik gebrauchen. Übrigens heute noch. Er leitet die Roadytruppe. Anja war mir zunächst bei den Büroarbeiten behilflich. Im Laufe der Zeit habe ich ihre Fähigkeiten erkannt, und nach und nach ist sie zu meiner rechten Hand und Managerin geworden. Beide leisten hervorragende Arbeit, und es bestehen keinerlei Komplikationen, zumindest nicht in der letzten Zeit.«

»In der letzten Zeit?«, wiederholte Kroll.

»Ich müsste lügen, wenn ich sagen würde, dass diese spezielle Situation immer reibungsfrei war. Natürlich gab es Verstimmungen. Aber seit drei Jahren gibt es definitiv keine Probleme mehr. Ich habe Paolo damals gesagt, dass er sich entscheiden müsse, ob er bei uns bleiben will oder einen anderen Weg einschlagen möchte. Er hat sich entschieden zu bleiben. Und seitdem war Ruhe. Ich glaube, er lebt seit zwei Jahren in einer festen Beziehung.«

»Wo finden wir Ihren Mann?«, fragte Wiggins.

»Dritter Stock, Zimmer 358.«

Kroll und Wiggins standen auf. »Wie lange bleiben Sie in Leipzig?«

Luther stand auf und reichte ihnen die Hand. »Wir bleiben bis Dienstag, zumindest haben wir das so geplant. Wir wollen das Gotik-Treffen mitnehmen und dann langsam weiter zur nächsten Veranstaltung nach Hannover in zwei Wochen.«

Sie klopften am Zimmer 358 an. Nachdem sie ein »Herein« vernommen hatten, traten sie ein. Paolo Rocchiani saß mit einem Kollegen an dem kleinen Tisch und spielte Backgammon. Er war an seinem südländischen Aussehen sofort zu erkennen.

Paolo war Mitte 40, trug ein durchgeschwitztes Unterhemd und eine Cordhose. Sein dunkles Haar war ungepflegt, sein Fünf-Tage-Bart verdeckte einen Großteil seines Gesichtes. Im Zimmer lagen unzählige Bierdosen herum.

Kroll zeigte seinen Ausweis. »Ich bin Hauptkommissar Kroll, und das ist mein Kollege, Hauptkommissar Wiggins. Wir hätten Sie gerne für einen Moment gesprochen, Herr Rocchiani.«

Rocchiani schien der Besuch der Polizisten nicht besonders zu interessieren. Er würfelte und verschob einen Stein auf dem Spiel. »Kein Problem«, sagte er, ohne die Polizisten eines Blickes zu würdigen. »Fragen Sie mich, was Sie wollen.«

»Wir würden Sie gerne unter vier Augen sprechen. Wir warten auf Sie in der Lobby.«

Kroll und Wiggins setzten sich in eine Sitzecke, die abseits der Besucherströme stand. Nach zehn Minuten tauchte Paolo Rocchiani auf. Er hatte ein ungebügeltes kariertes Hemd übergezogen und setzte sich zu ihnen. Er roch nach Alkohol.

Wiggins eröffnete das Gespräch. »Sie können sich denken, warum wir mit Ihnen sprechen möchten?«

Paolo kratzte sich am Kopf und musterte die Kommissare. »Vermutlich wegen des Mordes vor der Arena. Aber ich kann mir beim besten Willen nicht vorstellen, warum ich Ihnen weiterhelfen könnte.«

»Wo waren Sie, als die Vorstellung zu Ende war?«

Rocchiani ließ sich nicht anmerken, dass ihn die Frage irritierte. »Sobald die Vorstellung zu Ende ist und das Licht ausgeht, beginnen wir mit dem Abbau der Anlagen und packen sie in den LKW. Damit war ich und meine Kollegen die halbe Nacht beschäftigt.«

»Stehen Sie hinter dem, was Luther predigt?«, fragte Wiggins.

Paolo zuckte mit den Schultern. »Ich bin Italiener, ich bin katholisch, mehr muss ich dazu wohl nicht sagen.«

»Und warum machen Sie den Job?«, hakte Wiggins nach.

»Der Job ist an sich nicht schlecht. Man kommt viel herum, und unter dem Strich ist die Arbeit nicht allzu stressig. Man haut sich ab und zu eine Nacht um die Ohren, aber ich habe viele Pausen. Außerdem zahlt Luther anständig.« Er rieb sich den Nacken, der wohl verspannt war. »Ich habe schon länger vor, zurück nach Italien zu gehen, aber man hört ja immer, wie es da jobmäßig aussieht. Zurzeit ist das illusorisch. Also mache ich hier weiter, spare mein Geld und gehe irgendwann zurück nach Bella Italia.«

Kroll beschloss zum eigentlichen Anlass ihrer Vernehmung zu kommen. »Sie sind der Ehemann von Anja Rocchiani?«

»Das wissen Sie doch. Wir haben noch einen Trauschein, mehr ist da nicht. Sie ist jetzt etwas Besseres: Managerin und Geliebte des Superpredigers.«

»Klingt, als würde Ihnen das zu schaffen machen.«

»Ehrlich gesagt, als das vor ein paar Jahren anfing, war ich absolut fertig.« Er lachte abwesend. »Ich habe sogar überlegt, diesen Luther kaltzumachen. Aber inzwischen kann ich mit der Situation umgehen. Ich bin schließlich nicht der Erste, dessen Ehe in die Brüche geht. Man gewöhnt sich daran. Anja und ich haben nicht mehr viel miteinander zu tun. Auch wenn wir denselben Arbeitgeber haben, kreuzen sich unsere Wege nur selten. Ich bin bei der Crew und sie beim Superstar. Manchmal bekomme ich sie tagelang nicht zu Gesicht. Reden tun wir nur das Nötigste.«

Kroll wurde direkt. »Was empfinden Sie, wenn Sie an Martin Luther denken? Hassen Sie ihn?«

Paolo schüttelte mit dem Kopf. »Nein, nicht mehr. Dafür ist zu viel Wasser durch den Rhein geflossen. Er ist mir inzwischen egal. Ich mache gute Arbeit, und er soll mich bezahlen. Das ist alles. Soll er doch glücklich werden mit Anja, das ist nicht mehr mein Bier.«

»Ich habe gehört, Sie leben inzwischen in einer neuen Beziehung?«

»Ja, seit zwei Jahren. Sie heißt Beate. Wir wohnen zusammen in Bayern. Wir sehen uns zwar nicht, wenn wir auf Tour sind, aber wenn wir zusammen sind, ist es o.k. Außerdem telefonieren wir viel miteinander.«

»Klingt nicht nach der großen Liebe«, bemerkte Kroll.

»Kann sein, ist aber so. Sie wird irgendwann mit mir nach Italien ziehen. Darauf freuen wir uns ohne Ende, und das ist unser großes gemeinsames Ziel.«

»Eine Frage noch. Haben Sie Kontakte zu MANUS DEI?«

»Das ist doch diese Truppe, die immer unsere Veranstaltungen stört, oder?«

»Ja.«

»Nein, warum sollte ich. Für mich sind das Spinner.«

Paolo kramte ein Amulett unter seinem Hemd hervor. Er klappte es auf. Auf der rechten Seite war ein Bild der Gottesmutter Maria und auf der anderen Seite ein Bild des Papstes Franziskus zu sehen. »Das sind die Heiligen, die mir etwas bedeuten, natürlich nach unserem Herrn. Fanatiker fand ich schon immer scheiße.«

Peggy Großkreutz öffnete die Tür, nachdem die Polizisten angeklingelt hatten. Ihre Niedergeschlagenheit, die sie noch bei dem vorherigen Treffen hatte, schien verflogen zu sein. Sie hielt die Tür einen Spaltbreit auf, ohne die Kommissare hereinzulassen. »Ich bin in Eile. Ist es wichtig oder können Sie später wiederkommen?«

Kroll und Wiggins ließen es sich nicht anmerken, wie sehr sie diese Frage irritierte. ›Ist es Wichtig?‹ Es ging schließlich um die Aufklärung des Mordes ihres Mannes.

»Es wäre schön, wenn Sie ein paar Minuten für uns Zeit hätten«, antwortete Kroll. »Es dauert nicht lange.«

Peggy Großkreutz bot ihnen einen Platz in der Küche an. Die Polizisten setzten sich an den Küchentisch, sie blieb stehen und lehnte sich an die Spüle. Ihr Fuß trommelte nervös auf den Fliesen.

Kroll und Wiggins hatten erwartet, dass Frau Großkreutz eine Erklärung für ihr merkwürdiges Verhalten abgeben würde, aber sie sagte nichts. Sie verschränkte die Arme vor der Brust und wartete auf die Fragen der Polizisten.

Kroll unterbrach den kurzen Moment der Stille. Situationsbedingt verkniff er sich den üblichen Small Talk.

»Wir haben das Handy Ihres Mannes noch

nicht gefunden. Haben Sie neue Erkenntnisse? Hat er es zu Hause liegen lassen oder Ihnen gegeben? Haben Sie in Ihrer Handtasche nachgesehen?«

Peggy Großkreutz war bemüht, ihre Ungeduld zu überspielen. Sie versuchte sachlich und vor allem gelassen zu antworten, aber es gelang ihr nicht. »Nein, Markos Handy ist hier nicht aufgetaucht. Ich habe überall nachgesehen. Ich hatte Ihnen ja erzählt, dass er es an diesem schrecklichen Abend bei sich hatte. Er hat es mir nicht gegeben. Zur Sicherheit habe ich meine Handtasche tausendmal durchgewühlt. Er hatte das Handy bei sich, und jetzt ist es wohl weg. Tut mir leid, dass ich Ihnen nicht helfen kann.«

Schon wieder eine irritierende Bemerkung. ›Dass ich Ihnen nicht helfen kann.‹ Fühlte sie sich etwa verpflichtet, den Polizisten zu helfen, oder war die Polizeiarbeit nicht auch in ihrem Interesse?

Wiggins beendete das Gespräch. »Das war's schon, Frau Großkreutz. Wir halten Sie über den Stand der Ermittlungen auf dem Laufenden.«

Erst jetzt schien der Witwe ihre unterkühlte Art aufzufallen. »Ja, tut mir leid. Ich glaube, ich bin ein wenig durch den Wind. Bitte haben Sie Verständnis.«

Kroll und Wiggins setzten den Dienstwagen, den sie direkt vor dem Haus geparkt hatten, um hundert Meter zurück. Sie konnten das Haus gut beobachten, ohne selbst gesehen zu werden. Es dauerte nur wenige Minuten, bis Peggy Großkreutz aus dem Haus trat, ihre Garage öffnete und mit einem roten Renault Clio auf die Straße fuhr. Die Polizisten folgten ihr unauffällig. Sie fuhr Richtung Innenstadt, bog hinterm Bahnhof rechts ab und wartete vor der Schranke des Parkhauses westlich des Hauptbahnhofes.

»Das WESTIN ist gleich um die Ecke«, bemerkte Wiggins.

»Der Zugang zur Innenstadt auch«, ergänzte Kroll.

Die Schranke öffnete sich, und Peggy Großkreutz fuhr in das Parkhaus. Der Dienstwagen hielt vor der wieder verschlossenen Schranke, und Kroll drückte auf den Knopf, um ein Ticket zu erlangen. Die Schranke öffnete sich. Es war nicht schwierig, Peggy Großkreutz nachzufahren. Sie stellte den Clio im Parkdeck P4 ab und ging die Treppen hinunter. Es war ein kurzer Weg zur Straßenbahnhaltestelle vor dem Hauptbahnhof. Sie wartete vor den Gleisen und sah sich um. Peggy trug eine Sonnenbrille und ein Basecap. Vor ihr hielt eine Straßenbahn. Sie wartete, bis die ankommenden Passagiere ausgestiegen waren, ließ die

Fahrgäste, die hinter ihr standen, passieren, und stieg erst danach in die Tram ein.

Kroll und Wiggins wollten ihr folgen, aber eine Gruppe Gotiks drängte sich ihnen in den Weg. Sie hatten es offenbar eilig, zum nächsten Event zu kommen. Die Straßenbahn fuhr davon.

»Stümperhafte Verfolgung«, war Wiggins trockener Kommentar.

Kroll nickte. »Lass uns kurz ins WESTIN gehen, wenn wir schon einmal in der Nähe sind.«

Der Besuch im WESTIN entsprach ihren Erwartungen. Martin Luther und Anja Rocchiani waren nicht auf ihrem Zimmer. Den Schlüssel hatten sie an der Rezeption abgegeben.

PFINGSTSONNTAG, MITTAGS

Pilatus alias Klaus Brinkmann war in einem Doppelzimmer im Elisabeth-Krankenhaus untergebracht. Das Bett seines Zimmernachbarn war leer, die Polizisten konnten ungestört mit Pilatus reden, zumindest hofften sie dies.

Pilatus sah nicht gut aus. Sein Gesicht war im Bereich der Nase, des linken Auges und des Kinns deutlich geschwollen. Der frisch operierte Arm war mit einem Gestänge fixiert und ragte rechtwinklig vom Oberkörper ab. Sein Anblick war mitleiderregend, aber derartige Gefühle wollten sich weder bei Kroll noch bei Wiggins einstellen.

Die Begrüßung der Polizisten war erwartungsgemäß kalt. »Wenn Sie gekommen sind, um sich zu entschuldigen, muss ich Ihnen leider mitteilen, dass Sie sich das absolut klemmen können. Wie Sie vielleicht wissen, habe ich einen Rechtsanwalt mit der Vertretung meiner Interessen beauftragt, diese Körperverletzung wird erhebliche Konsequenzen für Sie haben. Die Ärzte können noch nicht sagen, ob ich meinen Arm wieder uneingeschränkt bewegen kann. Sollte ich meinen Beruf nicht mehr ausüben können, zahlen Sie mir lebenslang eine

Rente. Vom Schmerzensgeld ganz zu schweigen. Ihren Job dürften Sie auch los sein.«

Kroll ging nicht auf seine Bemerkungen ein. Sie beeindruckten ihn auch nicht besonders. »Uns würde interessieren, warum Sie Ricco Dünkel geschützt haben. Er ist immerhin ein mutmaßlicher Mörder.«

Pilatus griff mit dem gesunden Arm gelangweilt nach einer Zeitschrift und blätterte sie teilnahmslos durch. »Sie können gerne mit meinem Anwalt reden.«

»O.k.«, bemerkte Wiggins emotionslos. »Also keine Antwort. Dann würden wir gerne wissen, in welcher Beziehung Sie zu MANUS DEI stehen, einer Organisation, in der Ricco Dünkel Mitglied war.«

Pilatus wandte seinen Blick nicht von der Zeitung ab. »Sie langweilen mich.«

Die Mitarbeiter im Präsidium hatten gute Arbeit geleistet. Die Informationen, die sie über Pilatus zusammengetragen hatten, waren aufschlussreich. Klaus Brinkmann war alles andere als ein unbeschriebenes Blatt. Sein Vorstrafenregister schien endlos lang zu sein: überwiegend Delikte, die ein hohes Gewaltpotenzial aufwiesen: schwere und gefährliche Körperverletzung, Raub, sogar ein versuchter Totschlag fehlte nicht in der Auflistung. Pilatus galt als extrem aggressiv. Die Psychologen beschrieben ihn als gewaltsuchend, ohne natürliche Hemmungen und gefühlskalt. Um seine Aggressivität in den Griff zu bekommen, hatten die Gerichte und Behörden nahezu alles angeordnet, was ihnen zur Verfügung stand: Antiaggressionsseminare, Unterbringung in Gruppen unter fachkundiger Aufsicht, therapeutisches Boxtraining, sogar ein Segeltörn mit Gleichgesinnten auf Mallorca war dabei. Ziel der Maßnahme war es, die Teilnehmer durch das Gemeinschaftsbewusstsein in ihrer sozialen Verantwortung zu schärfen, damit sie lernten, dass sich Probleme nicht durch Gewalt, sondern nur durch gegenseitiges Unterstützen und gegenseitige Rücksichtnahme bewältigen lassen. Pilatus musste das Seminar jedoch vorzeitig abbrechen, weil er seine Kenntnisse aus dem Therapeutischen Boxen an einem Betreuer anwendete, der anschließend den Segeltörn gleichfalls beenden musste, weil er sich in einen längeren Krankenhausaufenthalt begeben musste.

Wiggins blätterte in dem Bericht seines Kollegen und hielt Kroll auf dem Laufenden, indem er die interessanten Passagen vorlas.

»Sieht aus, als würde uns Pilatus' krimineller Lebenslauf nicht weiterhelfen«, bemerkte Kroll. »Der hat wahrscheinlich auf alles eingeprügelt, was nicht bei drei auf den Bäumen saß. Wahrscheinlich war der nur so im BLACK HEAVEN und hat seinen Aggressionen freien Lauf gelassen, weil die Gelegenheit günstig war. Wahrscheinlich hat der einen ordentlichen Hass auf die Polizei und prügelt gleich los, wenn er nur einen Bullen riecht.«

»Kann sein, dass du recht hast. Aber ich bin mir nicht so sicher. Wir wissen immer noch nicht, in welchem Verhältnis der zu Ricco Dünkel stand. Vielleicht war doch nicht alles Zufall.«

Wiggins las weiter. »Das ist ja interessant. Unser Pilatus war vor ein paar Jahren in der Geschlossenen. Maßregelvollzug in Arnsdorf.«

»Der war in der Klapse?«, fragte Kroll erstaunt nach.

»Für ein paar Monate. Wurde dann wegen einer positiven Entwicklungseinschätzung auf freien Fuß gesetzt. Die behandelnden Ärzte waren der Meinung, dass eine ambulante Behandlung ausreichend sei.«

Kroll versuchte seine aufsteigende Wut zu unterdrücken. Er hatte es mehr als nur einmal erlebt, dass Gewalttäter durch vorschnelle und falsche Einschätzungen von Psychologen und Psychiatern freigelassen wurden, um die wiedergewonnene Freiheit dazu zu nutzen, das nächste Verbrechen zu begehen. Seine Achtung vor diesen Psychologen tendierte gegen minus 100.

»Diese Idioten sollten mal unseren Job machen, anstatt sich bei Kräutertee und Räucherstäbchen von diesen Typen an der Nase herumführen zu lassen.«

Kroll hatte genug gehört. »Fahr bitte in diese Klinik und rede mit dem behandelnden Arzt.« Er griff nach seiner Jacke. »Ich kümmere mich jetzt um Anja.«

Das Klinikum in Arnsdorf machte einen freundlichen Eindruck. Der weiße Putz und das rote Dach erinnerten eher an ein großes Tagungshotel als an ein Krankenhaus. Wiggins hatte sich mit dem Psychiater Dr. Manfred Haider, der Brinkmann damals behandelt hatte, telefonisch verabredet.

Dr. Haider war ein freundlicher, untersetzter Mann Ende 50, mit rundem Gesicht und lichtem, schwarzen Haar, das von zahlreichen grauen Fäden durchzogen war. Er trug keinen weißen Kittel, sondern Jeans und einen blauen Pullover. Sie setzten sich an einen kleinen Besprechungstisch in seinem Büro. Auf dem Tisch standen Plätzchen und eine Kaffeekanne. »Bitte bedienen Sie sich«, sagte der Arzt, nachdem sie sich begrüßt hatten.

Wiggins nahm die Aufforderung dankend an. Ein guter Kaffee war genau das, wonach ihm der Sinn stand.

Er kam gleich zum Thema. »Erinnern Sie sich an Klaus Brinkmann? Es ist eine Weile her, seit er bei Ihnen in Behandlung war.«

Dr. Haider nickte lächelnd. »Natürlich. Was meine Patienten angeht, habe ich ein fotografisches Gedächtnis. Ansonsten spielt es mir manchmal einen Streich, aber in beruflicher Sicht ist mein Gehirn ein wandelndes Krankenarchiv.«

Wiggins rührte den Zucker in seiner Tasse um. »Erzählen Sie mir bitte etwas über Klaus Brinkmann. Warum kam er zu Ihnen, und wie verlief seine Behandlung?«

»Herr Brinkmann kam zu uns, weil er häufig als extrem gewalttätig in Erscheinung getreten war. Sie kennen sicher sein Vorstrafenregister. Letztendlich ausschlaggebend für den Maßregelvollzug in unserem Hause war sein Verhalten auf einem Segeltörn. Er hat ohne erkennbaren Anlass einen Betreuer zusammengeschlagen und, als dieser am Boden lag, mehrfach auf ihn eingetreten. Der Betreuer hatte Frakturen im Bereich des Schädels und der Brust.«

Wiggins nickte. »Das wissen wir. Meine Frage zielte darauf ab, was der medizinische Anlass für den Maßregelvollzug war.«

Dr. Haider musste nicht lange überlegen. »Es war eine gerichtliche Anordnung. Im Verfahren kam die Frage auf, ob Herr Brinkmann schuldfähig ist oder ob seine Schuldfähigkeit eingeschränkt ist, weil er an einer psychischen Krankheit leidet. Wir sollten abklären, ob Herr Brinkmann an einer sogenannten Dissozialen Persönlichkeitsstörung erkrankt war.«

»Dissoziale Persönlichkeitsstörung?«, wiederholte Wiggins fragend.

Der Arzt musste schmunzeln. »Tut mir leid, das ist der Fachbegriff. Um es laienhaft oder besser gesagt verständlicher auszudrücken: Von einer derartigen Erkrankung sprechen wir, wenn wir bei einem Menschen in medizinischer Sicht eine Störung diagnostizieren, die zu einer Missachtung von sozialen Verpflichtungen führt und durch ein hohes Maß an herzlosem Unbeteiligtsein an Gefühlen für die Mitmenschen geprägt ist. Man könnte es egoistische Gefühlskälte nennen.«

»Aber das trifft doch auf Brinkmann hundertprozentig zu«, warf Wiggins ein. »Da muss ich mir doch nur seinen Lebenslauf anschauen.«

Der Arzt stöhnte leicht auf. »Ach Herr Kommissar. Wenn das immer so einfach wäre. Schauen Sie sich doch nur einmal die Verbrecher an, mit denen Sie es tagtäglich zu tun haben. Wie viele Serien- und Wiederholungstäter kennen Sie? Sind die alle krank, nur weil sie mehrere Verbrechen begangen haben? Mit Sicherheit nicht. Der Hang zur Gewalt ist nicht immer durch eine

Krankheit bedingt. Nur in den seltensten Fällen. Irgendein Typ vergewaltigt mehrfach eine Frau, was schlimm genug ist, aber ist er deshalb krank? Hat sein kriminelles Verhalten andere Gründe? Wir haben als Ärzte nur eine Aufgabe, und die besteht darin, festzustellen, ob ein Mensch eine Persönlichkeitsstörung aufweist oder nicht. Und das tun wir nach bestem Wissen und Gewissen.«

Wiggins sah den Arzt fragend an.

»In der Justiz ist leider die Tendenz festzustellen, Problemfälle bei uns abzuladen, unter dem Motto, sperrt ihr ihn aus medizinischen Gründen weg, dann sind wir aus der Verantwortung. Nehmen Sie als Beispiel die Sicherungsverwahrung: Das Bundesverfassungsgericht hat bekanntlich die nachträgliche Sicherheitsverwahrung für rechtswidrig erklärt. Das führte dazu, dass die Justiz unter anderem Mörder und andere schwere Gewaltverbrecher nach 15 Jahren auf freien Fuß setzen musste, obwohl es belastbare Prognosen gab, dass diese Menschen wieder gewalttätig werden. Die Medien greifen diese Fälle gerne auf. Und dann entsteht Druck auf allen Ebenen, vor allem in der Politik. Und der Druck wird bei uns abgelassen, unter dem Motto, schreibt den mal krank und sperrt ihn bei euch ein, dann sind wir das Problem los und alle sind zufrieden. Aber das ist nicht unsere Aufgabe, wir haben nur medizinische Sachverhalte zu klären und gegebenenfalls zu behandeln.«

Wiggins wurde nachdenklich. Unter diesem Gesichtspunkt hatte er das Verhalten der Psychiater noch nie betrachtet. »Und was bedeutet das konkret für den Fall Brinkmann?«

»Klaus Brinkmann ist extrem gewalttätig und hat eine ganz niedrige Hemmschwelle, aber er ist nicht krank. Wir haben ihn bis aufs Blut getestet, aber konnten bei ihm keine psychische Erkrankung feststellen.«

»Brinkmann ist sehr intelligent«, gab Wiggins zu bedenken.

»Das stimmt. Aber glauben Sie mir bitte: Er kann uns nicht hinters Licht führen. Wir kommen auch nicht auf der Wurstsuppe dahergeschwommen.«

Wiggins war nachdenklich. Die Vorstellung, dass Brinkmanns exzessive Kriminalität nicht krankhaft sein sollte, irritierte ihn. Aber er hatte keinen Anlass, an der fachlichen Kompetenz des Arztes zu zweifeln, im Gegenteil. Er schilderte Brinkmanns Verhalten im BLACK HEAVEN und fragte den Arzt nach seiner Meinung.

Dr. Haider musste nicht lange überlegen. »Kannten Brinkmann und Ricco Dünkel sich?«

»Davon müssen wir zurzeit ausgehen.«

»Hierin könnte schon die Lösung für sein Verhalten liegen. Er wollte einem Bekannten oder vielleicht sogar Freund zur Seite stehen und hat überreagiert. Aber bitte, ich bin kein Freund von Ferndiagnosen.«

»Natürlich«, nickte Wiggins. »Aber diese extreme Gewalt an einer Unbeteiligten und dann einer Frau?«

»Vergleichen Sie es mit einem unkontrollierten Wutausbruch. Nochmals, Herr Brinkmann ist extrem gewalttätig, aber wir können es bei ihm nicht medizinisch begründen. Zu uns kommen Patienten, die sogar ohne einen Anlass andere Menschen zusammenschlagen. Die sind nicht alle krank, es ist nun mal so.«

Es entstand eine kurze Pause in nachdenklicher Stille, die zu Wiggins' Überraschung der Arzt mit einer interessanten Information unterbrach. »Was mich wundert, ist, dass Sie mich noch gar nicht gefragt haben, wie das Verhältnis zwischen Brinkmann und Martin Luther war. Ich lese die Zeitung. Ich dachte, das wäre der Anlass Ihres Besuches gewesen.«

Wiggins sah Dr. Haider fragend an. »Wie meinen Sie das? Kannten sich die beiden?«

»Ich dachte, das wüssten Sie. Wir haben schon seit Langem einen theologischen Dienst. Theologen, meistens Priester, sind in die Patientenbetreuung eingebunden. Das macht Sinn: Theologen sind sehr einfühlsam, sehr erfahren, und häufig haben unsere Schäfchen noch nicht vollständig den Glauben an eine höhere Macht verloren. Unsere Erfahrungen sind ausnahmslos positiv.«

»Kannten sich die beiden?«, wiederholte Wiggins seine Frage.

Dr. Haider musste nicht lange überlegen. »Sogar sehr gut. Luther hat gerade gegenüber Herrn Brinkmann ein außergewöhnliches Engagement entwickelt. Ich glaube, der hat sich vorgenommen, ihn zum Guten zu bekehren. Aber das ist wahrscheinlich gründlich misslungen.«

Wiggins stand auf und reichte Dr. Haider die Hand. »Vielen Dank, Herr Doktor. Sie haben mir sehr geholfen.«

PFINGSTSONNTAG, ABENDS

Kroll und Wiggins trafen sich auf einen Absacker im GONZALES. Sie setzten sich an die Theke und bestellten ein Bier. Magda, die Kellnerin, merkte schnell, dass die Polizisten unter sich bleiben wollten und verzichtete auf den üblichen Small Talk.

»Wie geht es Anja?«, fragte Wiggins besorgt.

»Sie kommt damit klar. Es ist nicht einfach, aber sie kriegt das hin. Und außerdem hat sie ja mich.«

Wiggins wusste nicht, ob Krolls letzte Bemerkung ironisch oder ernst gemeint war. Er beschloss, der Frage nicht nachzugehen und wurde dienstlich. »Luther kannte Brinkmann und Brinkmann kannte Dünkel. Da haben wir eine interessante Verbindung.«

Kroll leerte sein Bier nahezu in einem Zug. Ein Zeichen, dass er sich nicht wohlfühlte. »Stimmt. Aber so richtig kann ich mir darauf keinen Reim machen. Warum sollte Luther einen Mord direkt nach seiner Show organisieren, wo alle Medien anwesend sind. Da schadet er sich doch nur selbst.«

Kroll trank sein Bier aus, kontrollierte Wiggins fast volles Glas und bestellte für sich ein neues und zwei schottische Whiskey.

Wiggins nahm den Whiskey und stieß mit Kroll an. »Ich finde, unser Fall hat zu viele Rätsel. Denk doch nur an das komische Verhalten von Frau Großkreutz, diese MANUS DEI-Leute, die Rolle von Anja Rocchiani – und diesen Martin Luther kann man überhaupt nicht einordnen. Der ist glatter als Teflon. Ist der Herr seines eigenen Lebens, oder bestimmt das Frau Rocchiani?«

Kroll nippte nachdenklich an seinem Whiskey, während er überlegte. »Keine Ahnung. Ich kenne mich in diesen Kreisen nicht aus. Ein Mann wie Luther braucht eine rechte Hand, um seine ganzen Termine zu organisieren. Das ist bestimmt ein Haufen Arbeit. Dass die beiden in die Kiste gehen, ist kein Geheimnis. Aber wie groß der Einfluss dieser Frau tatsächlich ist: keine Ahnung.«

Wiggins wollte gerade etwas sagen, merkte aber, dass Kroll etwas nachschieben wollte.

»Was mir irgendwie keine Ruhe lässt, ist Großkreutz' Handy. Warum ist das spurlos verschwunden? Da stimmt doch etwas nicht. Wann kriegen wir endlich die Verbindungsdaten der Telefongesellschaft?«

»Wir haben Pfingsten, Kroll. Aber Reis macht

ordentlich Druck. Ich denke, die kriegen wir morgen. So Gott will.«

»Ich geh mal eben eine rauchen«, sagte Kroll und schnappte sein Bierglas.

Er stellte sich an einen der Bistrotische, die vor dem GONZALES aufgebaut waren, und zündete sich eine Zigarette an. Zu seiner Überraschung gesellte sich ein Mann zu ihm, mit dem er nicht gerechnet hatte. Pius Ratzenburg, der oberste Prior von MANUS DEI, sah in dem gelben Licht der Laterne aus wie ein Vampir aus einem schlechten Gruselfilm. Seine hagere Gestalt war in einen schwarzen Anzug gehüllt, sein Hut warf einen Schatten auf sein Gesicht, nur die hellen Augen schienen in der Dunkelheit wie die Augen eines Raubtieres zu leuchten. »Guten Abend, Herr Hauptkommissar«, begrüßte er Kroll in dem gefühlslosen, sonoren Ton, der seiner Stimme wohl auf ewig erhalten bleiben würde.

»Guten Abend, Herr Ratzenburg«, erwiderte Kroll die Begrüßung. »Mit Ihnen hätte ich nicht gerechnet.«

»Ich war gegenüber in dem Restaurant und habe mit einigen Brüdern, die uns zu Pfingsten besuchen, etwas gegessen. Ich habe Sie durch das Fenster gesehen und wollte fragen, ob es etwas Neues gibt.«

Kroll beschloss, mit einem beliebten Standardsatz zu antworten. »Wir sind am Anfang unserer Ermittlungen. Aber warum interessiert Sie das?«

»Können Sie sich das nicht denken? Seit Ihrem letzten Besuch in unserem Hause müssen wir davon ausgehen, dass Sie uns in den Kreis der Verdächtigen einbezogen haben, was vollkommen unbegründet ist. Wir als Glaubensgemeinschaft haben verständlicherweise ein begründetes Interesse daran, dass dieser Tatverdacht von uns genommen wird. Und das können nur Sie leisten.«

»Immerhin war der mutmaßliche Täter und sein zwielichtiger Gehilfe einmal Mitglied bei Ihnen. Dieser Spur müssen wir nachgehen. Das gehört zu unserem Job.«

Pius Ratzenburg verzog keine Miene. »Aber das ist abwegig. Die Mitgliedschaft dieser Personen in unserer Glaubensgemeinschaft ist seit vielen Jahren beendet. Ich finde Ihre Theorie abenteuerlich. Daraus kann man doch keinen Tatverdacht gegen uns konstruieren.«

Kroll fiel die gewählte Ausdrucksweise auf, die er nur von Juristen kannte. »Haben Sie Jura studiert?«

Ratzenburgs Tonfall änderte sich nicht. »Ich bin Doktor der Theologie und der Rechtswissenschaft. Dazu habe ich ein Studium der Philosophie abgeschlossen.«

»Klingt nach Jesuit«, bemerkte Kroll beiläufig.

»Gute Allgemeinbildung«, war der trockene Kommentar. »Das war ich früher mal.«

»Und warum nicht mehr?«

»Wir leben nicht nach den Lehren, oder besser gesagt, nicht nach allen Lehren der heutigen Katholischen Kirche. Aber das wissen Sie. Jeder Orden, auch die Jesuiten, ist Teil der aktuellen Lehren des Papstes. Ich habe einen anderen Weg eingeschlagen.«

Kroll nickte und trank an seinem Bier.

»Sie haben meine Frage noch nicht beantwortet«, hakte Ratzenburg nach.

»Ob es etwas Neues gibt?«

»Ja, das war meine Frage an Sie.«

»Es gibt in der Tat etwas Neues. Ricco Dünkel ist heroinabhängig und lebt von der Hand in den Mund. Seine Wohnung ist extrem verwahrlost. Er kann sich aber den bekanntesten Strafverteidiger in Leipzig leisten. Der ist alles andere als billig, oder sagen wir besser preiswert. Und wir fragen uns natürlich, wer den bezahlt.«

»Und Sie verhaften in den üblichen Klischees: Wir sind eine Glaubensgemeinschaft, und anhand der wenigen Indizien, die Sie über uns wissen, haben Sie wieder einmal uns in Verdacht.«

»Das habe ich nicht gesagt. Wären Sie bereit,

uns Ihre finanziellen Verhältnisse offenzulegen, insbesondere die Zahlungsströme in den letzten sechs Monaten?«

Ratzenburg verzog keine Miene. »Sie kennen das Gebäude in der Trufanowstraße, in dem wir in Leipzig residieren. Das ist zugegebenermaßen ein werthaltiges Objekt, aber ist uns durch eine Erbschaft zugefallen.«

»Ich rede nicht nur über Leipzig. Wir kennen Ihre Residenzen in Köln und anderen Großstädten. Überall die beste Lage. Das ist bestimmt nicht alles ererbt.«

»Das ist mir zu einfach. Ich habe den Eindruck, dass Sie viel zu viele Ressourcen auf unsere Gemeinschaft verschwenden.«

Kroll trank sein Bier aus. »Sie haben meine Frage nicht beantwortet.«

»Unsere Gemeinschaft des Glaubens finanziert sich ausschließlich aus privaten Spenden. Sie werden hoffentlich Verständnis haben, dass wir gegenüber unseren Unterstützern einer gewissen Diskretion verpflichtet sind.«

Kroll verzog die Lippen zu einem Lächeln. »Warum muss ich gerade an Helmut Kohl denken? Zumindest das haben Sie sich von den Lehren der Katholischen Kirche erhalten. Kein Wort über die Finanzen.«

»Ich habe aktuell keinen Bedarf an einer Diskussion, die mehr von Ironie als von sachlichen Argumenten geprägt ist.« Er schaute auf die gegenüberliegende Straßenseite. »Ich wünsche Ihnen Gottes Segen. Möge der Herr Ihnen die Klugheit schenken, die Sie benötigen, um dieses schreckliche Verbrechen aufzuklären.«

Ratzenburg machte sich auf zu gehen, drehte sich aber um. »Nicht zuletzt auf Grund dieses Gespräches muss ich leider feststellen, dass Ihre tendenzielle Ermittlungsrichtung gegen unsere Gemeinschaft, man könnte es Belastungseifer nennen, völlig unangemessen ist. Ich werde die erforderlichen Schritte daraus ziehen. Einen schönen Abend noch.«

›Du mich auch‹, dachte Kroll.

Kroll hielt den Prior noch einen Moment auf. »Wir haben noch gar nicht über Martin Luther gesprochen.«

Ratzenburg drehte sich um und kam an den Bistrotisch zurück. »Müssen wir das?«

»Was halten Sie von ihm? Er ist doch ein Mann des Glaubens. Genauso wie Sie.« Kroll war bewusst, dass er mit der Frage provozierte.

»Glauben Sie mir, Herr Hauptkommissar. All die Dinge, die dieser Martin Luther von sich gibt, haben relativ wenig mit dem Glauben zu tun. Eher das Gegenteil. Das ist Kommerz und nichts weiter.«

»Trauen Sie ihm einen Mord zu?«, wurde Kroll direkt.

»In jedem Menschen steckt die Versuchung, wir Theologen nennen es den Satan. Man muss lernen, ihn zu kontrollieren, aber das gelingt nicht jedem – und das macht mir Angst.«

Als Kroll das GONZALES betrat, stellte er zu seiner Überraschung fest, dass Wiggins sich angeregt mit dem Lokalreporter Günther Hirte unterhielt. Er hatte während des Gesprächs mit Ratzenburg nicht bemerkt, dass er in die Kneipe gekommen war. Beide hatten sich wohl vorgenommen, eine Rumflasche zu leeren.

»Es gibt Neuigkeiten«, strahlte Wiggins mit heiterer Stimme. »Frau Großkreutz hat unserem lieben Freund das Handy ihres Mannes zum Verkauf angeboten.«

Kroll glaubte, sich verhört zu haben. »Bitte!«

»Ich recherchiere in diesem Fall«, strahlte Hirte. »Ich habe mit ihr geredet, sie hat mir erzählt, dass das Handy von ihrem Mann interessant für euch sei, und dann hat sie gesagt, ich könnte es haben.«

»Für wie viel?«

»10.000 Euro.«

»Und?«, wollte Kroll wissen.

»Aber Kroll. Ich bin doch nur ein kleines Licht. Das entscheidet unser Chefredakteur. Und der ist über Pfingsten auf Sansibar. Das kann ich höchstens Dienstag abklären. Aber wie ich meinen Chef kenne, wird er das Ding eher nicht erwerben.«

PFINGSTMONTAG, MORGENS

Kroll und Wiggins unterrichteten Staatsanwalt Reis über den aktuellen Stand ihrer Ermittlungen. Einen großen Raum nahm die Information ein, dass Peggy Großkreutz der Presse das Handy ihres Mannes zum Verkauf angeboten hatte. Der Staatsanwalt hatte entschieden, dass das Geld zum Ankauf des Handys, zumindest zunächst, nicht zur Verfügung gestellt werden könnte. Ausschlaggebende Argumente waren, dass es sehr unsicher war, ob auf dem Handy tatsächlich brauchbare Informationen waren, dass ein Erwerb nur über die Presse möglich war und damit zwangsläufig etwaige Informationen an die Öffentlichkeit gelangen würden, und dass die Kassen ohnehin leer waren. Sie hielten es für ratsamer, Frau Großkreutz mit den neuen Tatsachen zu konfrontieren.

Im Gegensatz zu ihrem letzten Besuch, empfing Frau Großkreutz die Polizisten betont freundlich. Sie bat Kroll und Wiggins in die Stube und bot ihnen einen Kaffee an. Offensichtlich hatte sie die Bedienungsanleitung der neuen Kaffeemaschine inzwischen gründlich studiert. Ihre entspannte Gemütsstimmung schlug jedoch abrupt ins Gegenteil um, als Kroll und Wiggins sie auf das Handy ihres Mannes ansprachen.

»Dieser Drecksreporter. Die sind doch alle gleich! Mir hat dieser Zottelbär absolutes Stillschweigen zugesagt. Und jetzt das … Warum geht der nicht gleich zur Bildzeitung. Da wär der bestimmt besser aufgehoben!«

Kroll versuchte, die Stimmung zu besänftigen. Es machte keinen Sinn, eine Frau zu vernehmen, die vor lauter Entrüstung nicht mehr Herrin ihrer Sinne war. »Frau Großkreutz, Sie wissen doch, dass wir bemüht sind, den Mord an Ihrem Mann aufzuklären. Das kann doch auch für Sie nicht ganz unwichtig sein. Und es ist nicht hilfreich, wenn Sie uns wichtige Informationen vorenthalten.«

Die Gefühlswelt der Witwe schien Achterbahn zu fahren. Von einem Moment in den anderen verfiel sie in ein lautes und tränenreiches Schluchzen, das nicht vorgespielt war. »Sie haben ja keine Ahnung, wie es mir geht. Ich habe nicht nur den Menschen, den ich über alles geliebt habe, von jetzt auf gleich verloren, ich stehe finanziell vor dem Ruin. Das Gehalt meines Mannes fällt weg, ich kriege nur eine lächerliche Witwenrente. Unser Haus ist bis über den Schornstein mit Hypotheken belastet – und wissen Sie, was eine Beerdigung kostet? 5.000 Euro – und ich rede nicht von einer Luxusbeerdigung, sondern über eine halbwegs würdige Bestattung. Ich muss halt gucken, wie ich Geld reinkriege. Und da ist mir jedes Mittel recht. Und glauben Sie mir bitte: Das wäre im Sinne von Marko gewesen.«

Es verging ein Moment der Stille, bis Kroll das Gespräch wieder aufnahm. »Verstehen Sie uns bitte nicht falsch. Niemand macht Ihnen Vorwürfe, aber wir glauben nicht, dass das der richtige Weg ist. Das Handy Ihres Mannes enthält wahrscheinlich Informationen, die wichtig für uns sind. Zumindest langfristig wird es Ihnen nicht helfen, wenn Sie uns diese Informationen vorenthalten. Und ich weiß nicht, ob es tatsächlich der Wunsch Ihres Mannes war, dass Sie uns die Arbeit erschweren.«

Peggy Großkreutz ließ sich nicht beruhigen. Ihr Körper schien ihren gesamten Flüssigkeitshaushalt über die Augen und die Nase auszuschütten. »Egal, was Sie machen. Mein Mann wird nicht lebendig. Er weiß genau, dass alles, was ich mache, richtig ist. Und wenn ich ein bisschen Geld mit einem alten Handy machen kann, um mir unser Zuhause zu erhalten, dann hat er bestimmt nichts dagegen. Da bin ich mir ganz sicher.«

Wiggins hielt es für angebracht, die emotionale Schiene aus dem Gespräch zu nehmen.

»Frau Großkreutz, mein Kollege und ich wären die Letzten, die dafür kein Verständnis hätten. Können Sie uns wenigstens sagen, warum Sie der Meinung sind, dass das Handy für die Presse so interessant wäre, dass Sie es zum Kauf angeboten haben?«

Peggy Großkreutz musste nicht lange überlegen. »Ich habe mir die Nachrichten auf dem Handy noch nie angesehen. Ich habe diesem Hirte erzählt, dass Sie scharf auf dieses Ding sind. Ich dachte, das reicht. Sie wissen doch, dass ich nicht der Technikfreak bin, und ich würde auch nie meinem Mann hinterherspionieren.«

Kroll und Wiggins blieb nicht verborgen, wie widersprüchlich diese Aussage war. Auf der einen Seite der Respekt vor der Privatsphäre und auf der anderen Seite die unweigerliche Öffentlichkeit. Ihnen war aber klar, dass sie sich nur verzetteln würden, wenn sie dieses Thema weiter vertiefen würden. Sie wussten aber auch, dass es keinen Sinn machen würde, länger auf der Handygeschichte herumzureiten.

Kroll beschloss, die Diskussion abzukürzen und schärfere Geschütze aufzufahren. »Sie wissen, dass wir innerhalb von zehn Minuten Ihr Haus durchsuchen lassen können. Und dann werden wir das Handy finden.«

Peggy Großkreutz hatte sich vollständig gefangen. »Wissen Sie, wie groß ein Handy ist?« Sie formte ein Rechteck mit den Daumen und Zeigefingern beider Hände. Ich finde, das ist nicht besonders groß. Stellen Sie ruhig unser Haus auf den Kopf. Eines kann ich Ihnen versprechen: Das Handy werden Sie nicht finden.«

Kroll und Wiggins wussten, dass sie recht hatte. Es war wirklich kein Problem, so einen kleinen Gegenstand irgendwo zu verstecken.

Als Kroll und Wiggins wieder in ihrem Büro waren, sichteten sie den Papierstapel, der sich auf ihrem Schreibtisch angesammelt hatte. Die eigens eingerichtete Sonderkommission, der das Pfingstwochenende gestrichen wurde, hatte ganze Arbeit geleistet. In den Unterlagen befand sich die lang erwartete Liste mit den Telefonverbindungen von Marko Großkreutz' Handy.

Wiggins studierte die lange Liste aufmerksam. »Das ist ja interessant«, sagte er eher zu sich als zu Kroll.

Kroll stellte sich hinter Wiggins und betrachtete die Verbindungen, die sein Kollege mit einem gelben Textmarker hervorgehoben hatte. »Großkreutz hat in den letzten Tagen vor seinem Tod mehrfach mit Anja Rocchiani telefoniert.«

»Und das waren zum Teil längere Gespräche«, ergänzte Wiggins. »Schau mal hier, selbst am Tage seiner Ermordung, am Donnerstag, hat er 25 Minuten mit der Rocchiani telefoniert. Und das ist nicht der einzige längere Eintrag.« Wiggins zeigte mit dem Finger auf einige Markierungen.

»Hat die Rocchiani Großkreutz auch angerufen?«, fragte Kroll.

Wiggins blätterte in dem Papierstapel. »Nein, immer nur Herr Großkreutz. Nie umgekehrt.«

»Dann ist er der Rocchiani wohl mächtig auf den Geist gegangen. Wenn Luthers rechte Hand auch ein Interesse an einer Unterhaltung mit Großkreutz gehabt hätte, hätte sie zumindest einmal zurückgerufen.«

Kroll ging zum Fenster und schaute auf die Straße. »Was wollte Großkreutz von der Rocchiani? Ich kann mir nicht vorstellen, dass die sich näher kannten.«

Wiggins ließ sich in seinen Sessel fallen und verschränkte die Arme hinter seinem Kopf. »Keine Ahnung. Vielleicht hat er sie oder Luther erpresst. Peggy Großkreutz hat uns gerade erzählt, dass die Familie Geldsorgen hatte.«

Kroll schaute aus dem Fenster. »Das ist eine Möglichkeit. Aber womit? Und warum ausgerechnet Großkreutz? Der war eher eine graue Maus. Was könnte der gegen die beiden in der Hand gehabt haben?«

»Wir sind die Polizei, Kroll. Auf jeden Fall

haben wir eine Verbindung vom Opfer zu Luther. Und denke auch daran, dass Ricco Dünkel einen extrem teuren Anwalt hat, den er sich bestimmt selbst nicht leisten könnte, und dass unser schmieriger Rechtsverdreher sich weigert, uns zu erzählen, wer sein Honorar bezahlt.«

Sie verabredeten sich mit Anja Rocchiani in der Lobby ihres Hotels. Sie saß in einem der schwarzen Ledersessel. Auf dem Tisch vor ihr stand eine Tasse Espresso und ein Wasser. Anja trug einen eleganten Hosenanzug, ihre Haare waren zu einem Pferdeschwanz gebunden, was ihrem Aussehen eine gewisse Strenge verlieh.

Sie machte mit einem Handzeichen auf sich aufmerksam, als sie die Polizisten entdeckte. Kroll und Wiggins setzten sich an die gegenüberliegende Seite des Tisches.

»Und, sind Sie weitergekommen?«, fragte sie in forschem Ton. Eine Begrüßung hielt sie nicht für erforderlich. Sie wollte nicht verbergen, dass ihr das Gespräch lästig war.

»Allerdings sind wir das«, antwortete Kroll. »Wir haben die Verbindungsdaten von Marko Großkreutz' Handy. Herr Großkreutz ist übrigens das Opfer. Und dadurch haben wir herausgefunden, dass Sie in den letzten Tagen vor seinem Tod mehrfach mit ihm telefoniert haben.«

Anja Rocchiani nippte an ihrem Espresso. »Das muss ein Irrtum sein. Vermutlich hat er sich verwählt.«

Wiggins holte die Liste mit den Telefondaten aus der Innentasche seines Jacketts und legte sie auf den Tisch. Anja Rocchiani würdigte die Liste mit keinem Blick.

»Wir haben fünf Telefongespräche, die länger als zehn Minuten dauerten. Das können Sie sich gerne ansehen. Das ist ein bisschen lange für verwählt.«

Anja Rocchiani verzog keine Miene. Sie war eine Meisterin der Selbstbeherrschung. »Ich kann mir das nicht erklären. Mich hat kein Marko Großkreutz angerufen.«

Kroll wurde ungeduldig. Er tippte mit dem Mittelfinger auf die Liste. »Doch!«

Sie richtete sich auf und schlug die Beine übereinander. »Sie wittern hinter allem eine Räuberpistole. Wenn Herr Großkreutz mich tatsächlich angerufen haben sollte, hat er sich sicherlich nicht mit seinem richtigen Namen gemeldet. Wissen Sie, wie viele Anrufe ich von irgendwelchen wildfremden Menschen bekomme? Wir bekommen ständig Anfragen, ob Martin für private Anlässe zur Verfügung steht. Für Hochzeiten, für Beerdigungen, für die Betreuung kranker Kinder. Und ich nehme mir für derartige Anrufe viel Zeit. Martin und ich sind bemüht, niemanden zu vergraulen, das können Sie bestimmt nachvollziehen.«

Kroll drückte ihr die Liste in die Hand. »Jetzt sehen Sie sich bitte die Daten und die Uhrzeit der Gespräche an. Und dann erzählen Sie uns bitte, wer sich unter welchem Namen gemeldet hat und was er von Ihnen wollte.«

Anja Rocchiani leerte betont gelassen ihren Espresso. Dann sah sie sich die Liste an. Sie brauchte zu lange, bis sie antwortete. »Wenn mich meine Erinnerung nicht täuscht, müsste das dieser Hans Eberharter gewesen sein. Er wollte mich unbedingt überreden, dass Martin die Hochzeit seiner Tochter zelebriert. Martin ist schließlich auch Priester, wie Sie wissen. Der Herr Eberharter hat sogar richtig viel Geld geboten, aber wir konnten es terminlich nicht einrichten. Er hat mehrfach angerufen und versucht, mich umzustimmen, aber es war, wie gesagt, aus terminlichen Gründen nicht möglich.«

Kroll versuchte sich unter Kontrolle zu halten. »Liebe Frau Rocchiani. Als wir heute Morgen aufgestanden sind, haben wir uns die Hose nicht mit der Kneifzange zugemacht. Sie haben gerade versucht, uns weiszumachen, dass das Opfer eines Mordes, das schon eine verheiratete Tochter hat, Sie unter dem Namen Hans Eberharter angerufen hat, um Martin Luther für die Hochzeit seiner

Tochter zu engagieren. Kommt Ihnen das nicht selbst albern vor?«

»Wenn Sie es so sagen, schon. Kann sein, dass ich etwas verwechselt habe. Aber ich bleibe dabei. Bei mir hat niemand angerufen, der sich unter dem Namen Marko Großkreutz gemeldet hat.«

»Sie bleiben dabei?«, wiederholte Wiggins. »Wir aber nicht. Wir glauben vielmehr, dass Herr Großkreutz Sie erpresst hat.«

Anja Rocchiani lächelte künstlich und laut. »Aber meine Herren. Das ist völlig absurd. Womit sollte er uns denn erpresst haben?« Sie schaute auf die Uhr. »Ich muss gehen. Einen schönen Tag noch.«

PFINGSTMONTAG, MITTAG

Kroll und Wiggins beschlossen, ihr Brainstorming mit einer guten Bratwurst zu verbinden. Sie hielten am Agra-Messegelände in Markkleeberg, einem der Haupttreffpunkte für die Besucher des Wave-Gotik-Treffens, der ihnen schon am Anfang ihrer Ermittlungen wertvolle Erkenntnisse geliefert hatte. Sie genossen das frisch gegrillte Fleisch mit einer Cola light und beobachteten die zahlreichen Anhänger der schwarzen Szene, die in ihren viktorianischen Verkleidungen das Stadtbild verschönerten. Obwohl für die meisten Teilnehmer der Pfingstmontag der eigentliche Abreisetag war, bevölkerten mehrere Tausend Gruftis das Gelände.

Krolls Ärger war noch nicht verflogen. »Was bildet sich diese Rocchiani eigentlich ein? Für wie doof hält die uns? Das kann doch wohl nicht wahr sein.«

Wiggins interessierte sich nicht für die miese Laune seines Kollegen. Er war nachdenklich. »Die hält uns nicht für dumm, Kroll. Diese lächerliche Geschichte, die sie uns aufgetischt hat, war pure Verzweiflung. Der ist auf die Schnelle nichts Besseres eingefallen. Die hat etwas zu verbergen, da bin ich mir ganz sicher.«

Kroll nickte zustimmend, während er sich die Finger mit einer Papierserviette säuberte. »Aber was?«

»Es muss doch eine Verbindung zwischen Luther und Marko Großkreutz geben. Sonst hätten die nicht so lange und so häufig telefoniert.«

»Aber er hat doch gar nicht mit Luther telefoniert, sondern nur mit seiner Assistentin«, warf Kroll ein.

»Klar, aber Martin Luther kannst du nicht direkt anrufen. Der hat eine Geheimnummer. Die Nummer von der Rocchiani findest du sofort im Internet. Und die ist doch immer bemüht, Luther den Rücken so frei wie möglich zu halten.«

»Wir müssen weiter und vor allem gezielter in diese Richtung recherchieren.«

»Ich habe unsere SoKo schon darauf angesetzt«, beruhigte ihn Wiggins. »Ich denke, wir wissen bald mehr.«

Dass die neuen Erkenntnisse so schnell kommen würden, überraschte selbst die erfahrenen Polizisten. Krolls Handy meldete sich mit dem bekannten Klingelton. Er ging ran und legte nach wenigen Sätzen auf. Das Gespräch beendete er mit den Worten »Gute Arbeit, Kollege. Bleibt dran und macht weiter so.«

Wiggins sah ihn erwartungsvoll an.

»Möglicherweise haben wir die Verbindung, nach der wir suchen. Martin Luther und Peggy Großkreutz sind in demselben Dorf groß geworden.«

»Und wo?«, fragte Wiggins.

»In Kirchhofen am Inn. Das liegt in Oberbayern, in der Nähe von Altötting«, antwortete Kroll.

»Altötting ist ein bekannter Wallfahrtsort. Da war sogar mal der Papst. Das ist mit Sicherheit eine erzkatholische Gegend.« Wiggins wählte sich mit seinem Handy ins Internet ein. Es dauerte eine kurze Zeit, bis die gewünschten Informationen auf seinem Display erschienen. »Kirchhofen am Inn liegt fast an der österreichischen Grenze. Das klassische bayerische Kuhdorf. Knapp 2.000 Einwohner, eine Kirche, eine Grundschule, ein Gymnasium, landwirtschaftlich geprägt. 98 Prozent der Einwohner sind Katholiken.«

»Und daher kommt Martin Luther? Der ist doch evangelisch.«

»Er ist inzwischen evangelisch«, korrigierte Wiggins. »Früher war der katholisch. Er geht doch häufig mit seinem Wandel zum besseren Glauben hausieren.«

Kroll sah seinen Kollegen unglaubwürdig an. »Und in dieser erzkatholischen Familie nennen die ihren Sprössling dann ausgerechnet Martin Luther? Das ist doch schon fast Verrat.«

Wiggins zuckte mit den Schultern. »So weit ich weiß, hieß schon der Großvater unseres Predigers Martin. Und der war sein Taufpate. In Bayern ist es üblich, dass die Kinder nach ihren Paten benannt werden. Das ist uralte Tradition und davon wollte bestimmt keiner abweichen. Ich kann mir auch gut vorstellen, dass Luthers Opa ein alter Patriarch war, und Toleranz gehörte sicherlich nicht zu seinen vordringlichsten Eigenschaften. Und außerdem, wer muss sich denn nach wem richten? Es wäre ja wohl noch schöner, wenn ein Katholik bei der Namensgebung auf irgendwelche Kirchenspalter Rücksicht nehmen müsste.«

»Einen Tod muss man sterben«, bestätigte Kroll. »In so einem kleinen Kaff kennt doch jeder jeden. Wir müssen also davon ausgehen, dass Luther und Peggy Großkreutz sich kennen.«

»Das ist so sicher wie das Amen in der Kirche. Also, auf geht's. Bringen wir Reis auf den neuesten Stand und fahren dann nach Kirchhofen im schönen Oberbayern. Hoffentlich verstehen wir die Leute da drüben überhaupt.«

Als Kroll und Wiggins im Präsidium waren, beriefen sie eiligst eine Sitzung der SoKo ein, an der auch Staatsanwalt Reis teilnahm. Sie brachten ihre Kollegen auf den neusten Stand ihrer Ermittlungen und regten an, die Nachforschungen auf Luthers Zeit in Kirchhofen am Inn zu konzentrieren. Alles sollte sorgfältig recherchiert werden. Luthers Kindheit, die Schulzeit, die Freunde, das Elternhaus, Verwandtschaft, einfach alles. »Dreht jeden Stein um«, waren Krolls Worte zum Abschied. »Wenn wir im tiefsten Bayern sind, sind wir auf eure Infos angewiesen. Wir haben keine Lust, da Urlaub zu machen. Dafür gibt es bestimmt spannendere Regionen.«

Auf ihrem Weg zum Büro kam ihnen der Verteidiger von Ricco Dünkel, Rechtsanwalt Maschek, entgegen. Er war wie immer adrett gekleidet, die nicht mit der Kleidung bedeckten Stellen des Körpers riefen wie immer Abneigungsgefühle hervor. »Ich wollte Sie gerade kontaktieren«, schlug ihnen die Fistelstimme entgegen.

»Was können wir für Sie tun?«, fragte Kroll, wobei er sich Mühe gab, seine persönlichen Befindlichkeiten zu unterdrücken.

»Ich wollte wissen, ob Sie in Ihren Ermittlungen weitergekommen sind.«

»Sind wir«, war Krolls knappe Antwort.

»Und? Können Sie das konkretisieren?«

Kroll und Wiggins gingen weiter. Der Anwalt folgte ihnen. »Aus ermittlungstaktischen Gründen müssen wir Sie leider auf Ihr Recht auf Akteneinsicht verweisen. Selbstverständlich können Sie sich direkt an Staatsanwalt Reis wenden.«

Der Anwalt versuchte es nun auf die kollegiale Tour. »Ach kommen Sie, Kroll. Wir kennen uns schon so lange. Können wir nicht einige Dinge auf dem kurzen Dienstweg besprechen?«

Kroll blieb stehen und drehte sich zu Maschek um. »Aber natürlich, gerne. Sagen Sie uns bitte auf dem kurzen Dienstweg, wer Sie bezahlt.«

Der Anwalt setzte sein längst bekanntes künstliches Lächeln auf. »Aber Sie wissen doch genau, dass das nicht geht. Ich kann beim besten Willen nicht meine Schweigepflicht brechen.«

»Wir auch nicht«, bemerkte Wiggins schroff.

Maschek überlegte einige Sekunden und nickte dann zustimmend. »Natürlich. Dafür habe ich vollstes Verständnis. Was ich aber noch mit Ihnen besprechen wollte: Unterstellen wir mal, also nur theoretisch und außerhalb des Protokolls, mein Mandant würde ein Geständnis ablegen. Würden Sie dann ein gutes Wort für ihn in der Hauptverhandlung einlegen?«

Kroll verschränkte die Arme vor der Brust, bückte sich nach vorne und sah dem Anwalt in die Augen. »Die Beweislage gegen Dünkel ist erdrückend. Das wissen Sie genauso gut wie wir.

Aber Ihr Mandant war nur eine Marionette. Das wissen Sie besser als wir. Wir wollen den Hintermann haben oder die Hinterfrau. Dann können wir über alles reden.«

»Aber ich habe doch gerade versucht zu erklären, dass dies aus rechtlichen Gründen unmöglich ist.«

Kroll sah auf die Uhr, um seinem Gegenüber zu verstehen zu geben, dass er das Gespräch beenden wollte. »Wir kriegen den Auftraggeber, Herr Verteidiger. Darauf können Sie sich verlassen. Die Schlinge zieht sich langsam zu. Sie wissen doch, dass sich das Verhalten eines Täters nach der Tat positiv auf die Strafzumessung auswirken kann. Zurzeit kann ich nicht erkennen, dass Ihr Mandant auch nur in der geringsten Form kooperativ ist. Und jetzt wirklich außerhalb des Protokolls: Dünkel hat sich einer schweren Straftat schuldig gemacht. Mit ziemlicher Sicherheit wird die Anklage auf Mord lauten. Aber Ihr Schützling ist eine arme Sau: Er ist drogenabhängig und war bei der Tatbegehung in einem Stadium, in dem er für Geld wahrscheinlich seine eigene Mutter um die Ecke gebracht hätte. Würde er mit uns zusammenarbeiten, könnte ihm das vieles erleichtern, aber ich befürchte, dem steht Ihr eigenes finanzielles Interesse entgegen. Sie helfen mit Ihrer Blockadehaltung nicht Ihrem Mandanten, sondern dem Auftraggeber, der Sie bezahlt. Dünkel sollte reinen Tisch machen. Aber das müssen Sie mit sich selbst ausmachen, nicht mit uns.«

Der Anwalt war sichtlich irritiert. Ein Zustand, den die Polizisten bei Maschek noch nie erlebt hatten. Aber er war Profi genug, um sich schnell zu fangen. Das Richten der Krawatte war das einzige Zeichen seiner Unsicherheit. Er beschloss, seinen letzten Trumpf zu ziehen. Er sah Wiggins kurz an, wandte sich dann Kroll zu. »Sie wissen, dass Herr Klaus Brinkmann, Künstlername Pilatus, ein Strafverfahren gegen Sie eingeleitet hat. Ich würde Sie gerne bei dieser unangenehmen Angelegenheit unterstützen, natürlich ohne Honorar.«

»Leck mich«, waren Krolls Worte, bevor er ging.

Kroll und Wiggins waren nicht die Einzigen, die sich vorgenommen hatten, von Leipzig nach Kirchhofen am Inn zu reisen. Ein guter Bekannter von ihnen hatte den Entschluss schon zuvor gefasst. Er beschloss, seine Nachforschungen im Pfarrhaus zu beginnen. Pfarrer Gottlieb Bachlhuber öffnete ihm die Tür. Der Pfarrer hatte vor wenigen Tagen seinen 70. Geburtstag gefeiert, übte sein Amt aber auf Bitten des Bischofes weiter aus. Pfarrer Bachlhuber empfing ihn mit mahnenden Worten. »Mit dir wollte ich schon lange mal ein ernstes Wort reden.«

PFINGSTMONTAG, ABEND

Die Kommissare beschlossen, am nächsten Morgen nach Kirchhofen am Inn zu fahren. Ihnen war klar, dass sie weder von Rocchiani, noch von Martin Luther etwas in Erfahrung bringen würden. Die beiden hatten offensichtlich allen Grund, verschlossen wie eine Auster zu sein. Sie suchten Paolo Rocchiani auf. Immerhin war er Anjas Noch-Ehemann und hatte möglicherweise etwas erfahren, als er und die Assistentin in besseren Zeiten lebten.

Paolo Rocchiani saß an der Theke der KLEINEN TRÄUMEREI in der Münzgasse. Vor ihm standen ein halb leeres Wodkaglas und ein großes Pils. Als er die Polizisten wahrnahm, nickte er beiläufig. Seine Stimme war schwer. »Die Herren von der Polizei. Kann man denn in dieser Stadt nirgendwo in Ruhe ein Bier trinken?«

»Das ist in Leipzig nicht immer einfach«, scherzte Kroll. »Leipzig ist manchmal wie ein Dorf.«

»Verstehe«, murmelte Paolo und trank sein Bier aus.

Wiggins bestellte zwei Weizenbier. »Ist Ihnen in der Zwischenzeit etwas eingefallen, was uns weiterhelfen könnte?«

»Mir, wieso mir?«

»Wir gehen davon aus, dass Martin Luther und die Ehefrau des Opfers sich kannten.«

Paolo zuckte mit den Schultern und orderte noch einen Wodka. »Keine Ahnung.«

»Sagt Ihnen der Ort Kirchhofen am Inn etwas?«, hakte Kroll nach.

»Wenn mich nicht alles täuscht, ist mein Chef da geboren. Anja hat, glaube ich, mal so etwas erzählt. Luthers Vater ist da wohl so etwas wie ein großes Tier. Der hat einen riesigen Hof mit über 1.000 Viechern. Eigener Schlachthof und eigene Wurstfabrik. Dem gehört das halbe Dorf.«

»Was wissen Sie sonst noch?«, fragte Wiggins.

»Eigentlich nichts. Ich glaube, mein Chef ist nach dem Abi weg. Ich weiß aber nicht, wo der studiert hat.« Paolo lachte bitter. »Es gab mal Zeiten, da haben Anja und ich nicht viel über Luther gesprochen.«

»Warum säuft der so viel?«, fragte Kroll, als sie wieder draußen waren.

»Das ist der reine Frust. Ich würde viel darauf wetten, dass er seine Frau immer noch liebt.«

Nachdem Kroll bei Anja angekommen war, öffnete er eine Flasche Bier, ließ sich auf die Couch fallen und schaltete den Fernseher an. Im MDR liefen gerade die Spätnachrichten. Die Ermordung von Marko Großkreutz war immer noch Gegenstand der Berichterstattung. Ein Interview mit Martin Luther, das am Nachmittag geführt worden war, wurde zugeschaltet. Martin Luther erzählte in den ihm eigenen blumenreichen Worten, wie sehr ihn dieser Vorfall belaste und dass er sich derzeit außer Stande sähe, seine Veranstaltungen fortzusetzen, bis alle Hintergründe dieses furchtbaren Verbrechens aufgeklärt seien. Er habe alle Termine im Mai und Juni abgesagt und wolle in den nächsten Tagen in Leipzig bleiben, um die Polizei nach besten Kräften bei ihrer Arbeit zu unterstützen.

Anschließend wurde ein Interview mit Peggy Großkreutz eingespielt. Sie schilderte tränenreich, wie schlecht es ihr ginge, dass sie in ein Loch gefallen sei und dass sie sich nicht vorstellen könne, wie ihr Leben weiterginge.

Die Journalistin fragte sie, ob sich Martin Luther schon bei ihr gemeldet habe. Sie verneinte, nahm Luther jedoch in Schutz, er müsse sicherlich erst selbst mit der schwierigen Situation fertig werden, würde sich aber bestimmt bei ihr melden.

Kroll fiel auf, dass Peggy Großkreutz viel emotionaler war als bei ihrem letzten Treffen. ›Was führt die Frau im Schilde?‹, dachte er.

DIENSTAG NACH PFINGSTEN, ABENDS

Kirchhofen am Inn war ein bayerisches Dorf, wie man es sich in einer Postkartenidylle vorstellt. Die einzige Hauptstraße führte ins Zentrum, in dem auf einem kleinen Marktplatz die weiß verputzte Kirche mit ihrem Zwiebelturm stand. Das Dorfbild war geprägt von gepflegten Einfamilienhäusern mit kleinen Vorgärten. Rund um den Marktplatz waren kleine Geschäfte, nicht die großen Handelsketten, sondern der Bäcker, der Fleischer, eine Bank, ein Schuhladen, eine Boutique, in der Trachtenkleidung angeboten wurde, und ein kleiner Lebensmittelmarkt. Die Großeinkäufe erledigten die Einwohner von Kirchhofen am Inn sicherlich in der nächstgelegenen Großstadt. Gegenüber der Kirche stand der Hotelgasthof ›Zum Hirschen‹, in dem Kroll und Wiggins ihre Zimmer gebucht hatten. Sie hatten im Vorfeld ermittelt, dass der Inhaber ein gewisser Ewald Luther war, der Vater des berühmten Predigers. Nachdem sie ihre Koffer in ihren Zimmern verstaut hatten, gingen sie in den Gasthof und setzten sich an die Theke. Der Gasthof war gut gefüllt, offensichtlich war er der zentrale Treffpunkt des Dorfes. Frauen waren nicht anwesend, nur Männer, die hinter großen Bierkrügen saßen und sich lautstark unterhielten. Einige spielten Karten.

Hinter dem Tresen stand ein gut beleibter Mann in bayerischer Tracht, Kroll schätzte ihn auf Ende 50. Er begrüßte sie mit einem freundlichen »Grüß Gott« und sah die Polizisten fragend an.

»Grüß Gott«, erwiderte Kroll. »Wir hätten gerne zwei Weizenbier und ein Paar Weißwürste mit Brezel.«

Der Wirt sah Kroll verständnislos an.

»Er meint Weißbier«, übersetzte Wiggins.

Der Wirt grinste. »Also. Zwoa Weißbier und Würschtl mit a Brezn.«

Die Kommissare nickten.

»Ihr seits wohl net von hier?«, fragte der Wirt, während er die Gläser auf Bierdeckel stellte und zwei Striche machte.

»Nein«, antwortete Wiggins. »Wir kommen aus Leipzig.«

Der Wirt war verblüfft. »Leipsch? Ja Herrgott Sakrament. Liegt das net in der Zone?«

Wiggins verkniff sich die Belehrung, dass es die ›Zone‹ nicht mehr gab. Dies hatte der Wirt möglicherweise noch gar nicht mitbekommen. »Ja. Kennen Sie die Stadt?«

»Ja Herrschaftszeiten. Natürlich net! Was soll i denn doa? Mir etwa anschaun, wie die dort unsre Steuergelder verprasselt haben?«

Sein Blick wurde mitleidig. »Aber jetzt genießts doch euren Urlaub hier.« Er holte drei Schnapsgläser und füllte sie mit Obstbrand. »Trinken wir auf des schöne Bayern, vergelts Gott.«

Sie leerten die Pinchen in einem Zug.

»Was machts denn ihr zwoa hier in Hofen? Bestimmt doch nicht nur Urlaub, oder?«

»Wir sind Redakteure vom Sächsischen Kirchenblatt. Das ist die offizielle Zeitschrift der Katholischen Kirche in Sachsen. Wir sollen einen großen Artikel über Martin Luther schreiben. Der war über Pfingsten in Leipzig, und da müssen wir hier über seine Kindheit und Jugend recherchieren.«

»Ja Herrschaftszeiten. Der Luther Martin. Des war früher so a anständiger Bub, aber dann musste der ja abtrünnig werden. Sein Vater hat des nie überwunden, auch wenn der net drüber redet.«

»Sie kennen ihn?«, hakte Wiggins nach.

»Ja freili. Mein Bub ist mit dem zur Schul gangen. Die waren auch Ministranten. Aber der musste ja den Glauben verlassen.« Der Wirt rieb Daumen und Zeigefinger aneinander. »Wegen hier.«

»Wir wären für viele Informationen dankbar«, sagte Kroll beiläufig, während er versuchte, die Pelle von der Weißwurst zu entfernen.

»Was gibt es da schoa zu bereden. Der Luther Martin ist hie zur Schul gangen, war Ministrant und ist nach der Schul weg, über den großen Teich.«

»Nichts Interessantes, worüber wir berichten könnten?«, fragte Kroll.

»Net dass i wüsst. Mir is da nichts zu Ohren kommen.«

»Luthers Vater ist wohl ein ziemlich großes Tier?«, fragte Wiggins, während er zwei neue Bier bestellte. »Dem gehört dieses Hotel, oder?«

»Dem ghört des halbe Dorf. Der ist a Patriarch.«

»Und wie ist der so als Chef?«

»I koa mi net bschweren. Zahlt pünktlich, jetzt sogar den Mindestlohn, den die Sozis eingführt haben. Hab net vuil mit dem zu tuan. Kommt ab und zu vorbei und trinkt hier a Weißbier.«

Kroll schob den Teller mit den geleerten Wurstpellen zur Seite und griff nach dem frischen Bier. »Kennen Sie die Peggy Kachl? Die war doch, glauben wir, mal mit dem Martin Luther befreundet?«

»Die Kachl Peggy. Natürlich kenn i die. Die ist schoa während der Schul wegzogen. Die war a Hallodri.«

»Hallodri?«, fragte Kroll unwissend.

Der Wirt lachte. »Den Ausdruck kennt ihr wohl net. A Hallodri is a Madel, das net grad die Treu erfunden hat, wenns ihr versteht, was i mein. Die hat schoa dem ein oder andren Bub gehörig den Kopf verdreht, wenn ihrs versteht, was i mein.«

»Dem Martin Luther auch?«, wollte Wiggins wissen.

»Des weiß i a net mehr so gnau. War ja net ständig mit die Kinder zammen.«

Kroll prostete dem Wirt zu und trank einen großen Schluck Bier. »Das wär für unseren Artikel eine interessante Geschichte. Die erste Jugendliebe. Das wollen die Leute wissen.«

Der Wirt winkte ab und spülte Biergläser. »I ka euch da wirklich net helfe.«

Plötzlich kehrte im gesamten Restaurant für einen kurzen Moment andächtige Stille ein. Der Patriarch betrat den Gastraum. Er hatte eine imposante Statur, nahezu zwei Meter groß, trug Lederhose und Janker. Kroll schätzte ihn auf Anfang 60. Ewald Luther ging direkt auf die Kommissare zu und stellte sich neben sie an den Tresen. Der Wirt gab ihm unaufgefordert ein Weißbier.

»Sie sind bestimmt die Gäste aus Leipzig«, begann er das Gespräch.

Wiggins war verwundert. »Sieht man uns das an?«

Ewald Luther lachte, nachdem er das Glas abgestellt hatte. »Nein, natürlich nicht. Aber in Kirchhofen haben wir selten Gäste, die von so weit herkommen. Und ich schaue immer gerne in die Gästelisten meines Hotels, und da habe ich gelesen, dass ihr aus Leipzig seid.« Er reichte den Polizisten die Hand. »Ewald Luther. Grüß Gott und herzlich willkommen.«

»Mein Name ist Kroll, und das ist ein Kollege von mir, Herr Wiggins.«

»Kollege? Dann seid ihr beruflich hier?«

»Ja«, beeilte sich Wiggins. »Wir sind Redakteure vom Sächsischen Kirchenblatt. Ihr Sohn hält sich zurzeit in Leipzig auf und hat, sagen wir mal, gepredigt. Wir wollen einen Artikel über ihn schreiben, Kindheit, Schule und so weiter. Insoweit trifft es sich ganz gut, dass wir uns begegnet sind.«

Ewald Luther lächelte ein wenig aufgesetzt und bestellte drei Obstler. »Jetzt stoßen wir erst einmal an und dann reden wir miteinander. Wir sind in Bayern, und da redet man nicht gerne mit trockener Kehle.«

Er leerte sein Pinchen in einem Zug. Die Polizisten taten es ihm nach. Sie wollten nicht unhöflich oder ungesellig wirken. Kroll fiel beiläufig ein, dass sie schon zwei große Bier und drei Obstler in relativ kurzer Zeit getrunken hatten.

Selbst für einen gestandenen Polizisten eine ganze Menge.

»Wir nehmen noch drei«, bestimmte der Patriarch, ohne die Kommissare nach ihrer Meinung zu fragen. Dann wandte er sich an sie. »Sächsisches Kirchenblatt? Was ist das für eine Zeitschrift? Wohl nichts vom falschen Glauben?«

»Nein, das ist das offizielle Presseorgan von unserem Bistum«, erklärte Kroll.

Ewald Luther erhob sein Glas, und sie wiederholten die Trinkprozedur. »Ach ja, euer Bistum. Da gibt es nicht viele Katholiken. Ich glaube, das sind nicht einmal fünf Prozent der Bevölkerung. Ist das nicht das Bistum Dresden-Leipzig?«

»Stimmt. Der Anteil der Katholiken in Sachsen ist sehr gering. Aber wir arbeiten dran. Unter anderem mit unserer Zeitung. Deshalb wollen wir einen Artikel über Ihren Sohn schreiben. Der ist in seinem Job sehr erfolgreich. Und das wollen die Leute lesen. Wir rechnen mit einer hohen Auflage. Können Sie uns helfen?«

Ewald Luther ging nicht auf Wiggins Frage ein. »In Leipzig habt ihr doch die neue Kirche gebaut. Dafür habe ich einen nicht unerheblichen Betrag gespendet. Aber was tut man nicht alles für die Diaspora. Zum Dank habe ich einen persönlichen Brief von eurem Herrn Bischof bekommen, wie heißt der noch gleich. Ach ja, Joachim, Joachim Reinelt.«

»So ist unser Bischof Joachim«, lachte Kroll, der die Wirkung des Alkohols deutlich spürte. »Ein treuer Arbeiter im Weinberg des Herrn, aber doch immer seiner Verantwortung für die Wirtschaftlichkeit bewusst. Schön, dass Sie sich am Bau unserer neuen Kirche beteiligt haben. Sie ist wirklich sehr schön geworden. Wir hoffen, Sie finden einmal Zeit und Gelegenheit, sich die Kirche anzuschauen. Dann sehen wir uns in Leipzig wieder.«

Luther musste schon wieder lachen. Diesmal wirkte das Lachen ehrlich, vielleicht ein bisschen überheblich. »Einen Oscar gewinnt ihr beiden nie, das kann ich euch versprechen.«

»Wie meinen Sie das?«, fragte Kroll irritiert und mit belegter Stimme.

»Ihr seid keine guten Schauspieler. Gute Schauspieler bereiten sich immer auf ihre Rolle vor. Das habt ihr definitiv nicht getan.«

Die Kommissare sahen den Patriarchen verständnislos an.

»Nur zum Thema Vorbereitung: Das Bistum bei euch da unten heißt nicht Dresden-Leipzig, sondern Dresden-Meißen. Und der Bischof Reinelt ist schon seit ein paar Jahren nicht mehr im Amt.«

Kroll versuchte etwas zu sagen, aber Ewald Luther fiel ihm ins Wort. »Im Hotel seid ihr angemeldet unter den Namen Kroll und Wiggins. Ein Anruf bei meinem Sohn hat gereicht, um in Erfahrung zu bringen, dass ihr Polizisten seid, meine geschätzten Herren Hauptkommissare. Ich finde das alles ziemlich amateurhaft.«

Kroll raufte sich erst die Haare, dann rieb er seine Augen. »Da haben Sie leider recht. Beim nächsten Mal sind wir besser vorbreitet. Können Sie uns bitte trotzdem ein paar Fragen beantworten?«

Ewald Luther leerte sein Bierglas. »Aber natürlich. Immerhin scheinen Sie gegen meinen Sohn zu ermitteln. Da interessiert es mich natürlich, was Sie so alles im Schilde führen. Aber nicht heute. Heute habe ich keine Lust mit Amateuren zu reden.«

Er drehte sich um und ging ohne sich zu verabschieden. »Die Herren sind meine Gäste«, rief er dem Wirt lautstark zu, bevor er durch die Tür ging.

Kroll und Wiggins sahen sich frustriert an. »Lass uns ins Bett gehen«, sagte Kroll nach einem Moment des Schweigens. »Morgen ist ein neuer Tag. Vielleicht wird der Preis für die blödesten Polizisten vergeben. Das sollten wir auf keinen Fall versäumen.«

»Lass uns morgen mit dem Pfarrer reden«, schlug Wiggins mit müden Augen vor.

MITTWOCHMORGEN

Pfarrer Gottlieb Bachlhuber empfing sie freundlich. Der alte Priester hatte die innere Ruhe und Entspanntheit eines Ruheständlers, der sich sein Leben lang nur mit dem Glauben beschäftigen durfte. Und in Kirchhofen, mit einem Anteil der Katholiken von nahezu 100 Prozent an der Gesamtbevölkerung, war seine Berufung nicht allzu stressgeplagt.

»Grüß Gott, die Herren Kommissare, Grüß Gott«, begrüßte er Kroll und Wiggins mit einem einladenden Lächeln, noch bevor sie sich vorgestellt hatten. Kroll war erstaunt, wie schnell sich ihre Ankunft im ganzen Dorf herumgesprochen hatte.

Der Pfarrer bat sie in die gemütlich eingerichtete Wohnstube des Pfarrhauses. »Sie müssen mir unbedingt von Leipzig erzählen, unbedingt, bevor Sie mich mit Ihren Fragen bombardieren. Ich hoffe, Sie haben Zeit mitgebracht. In der Zeit nach Pfingsten ist nicht viel los. Ab und zu eine Taufe, aber zum Glück keine Beerdigungen.«

»Kennen Sie Leipzig?«, antwortete Kroll mit einer Gegenfrage.

»Aber natürlich, aber natürlich. Was denken Sie? Ich bin häufig in dieser schönen Stadt. Ich bin ein großer Bewunderer von Johann Sebastian Bach und fahre allein wegen der Thomaner oft hin. Das sind wahre Goldkehlchen.«

Er hielt die Hand vor den Mund und flüsterte lächelnd. »Bitte verraten Sie nicht, dass ich ab und an bei der falschen Konfession verkehre.«

»Leipzig wächst und gedeiht«, schwärmte Wiggins. »Vor ein paar Jahren dachte ich, die Stadtentwicklung wäre abgeschlossen. Aber weit gefehlt. Es entstehen schöne Plätze und Häuser.«

»Und eine neue Kirche habt ihr auch, eine katholische.«

»Ja, in bester Lage. Der Bau ist sehr schön geworden. Die Fassade im roten Porphyr, aber ich muss Ihnen gestehen, von innen kenne ich die Kirche nur aus der Zeitung.«

»Ja, ja«, stöhnte der alte Pfarrer laut. »Der Osten ist Diaspora. Kaum Katholiken. Habt ihr mal gesehen, wie viele schöne Kirchen es in Leipzig gibt? Und jetzt geht kaum jemand herein. Die Kommunisten haben den Glauben richtig ausgerottet. Das ist eine Schande.«

»Leipzig ist nicht Kirchhofen«, stellte Kroll fest, um zum Anlass ihres Besuches überzugehen. »Herr Pfarrer, wir haben erfahren, dass Sie Martin Luther gut kennen, er war bei Ihnen Ministrant, oder?«

»Der Luther Martin, der Luther Martin. Der war früher so ein lieber Junge. Stand fest im Glauben und war gottesfürchtig. Der war lange bei mir Ministrant, hat alle Stationen durchlebt, vom kleinen Kerzenträger bis zum Thuriferar.«

Kroll und Wiggins wussten nicht, was ein Thuriferar war, wollten den Priester aber nicht unterbrechen.

»Der war auch Leiter einer Ministrantengruppe. Hat sich viel um die Kleinen gekümmert, mit ganzem Herzen. Aber nach dem Abitur hat er Kirchhofen verlassen und in Amerika festgestellt, dass man mit dem Glauben viel Geld verdienen kann. Dann ist er zu der anderen Konfession gewechselt. Das nehm ich ihm übel.«

»Haben Sie mit ihm darüber gesprochen?«, fragte Wiggins.

Der Pfarrer schüttelte den Kopf. »Nein. Ich habe ihn kurz nach seinem Abitur zum letzten Mal gesehen. Was soll das bringen. Warum interessieren Sie sich so sehr für Martin?«

»Kurz nach einer Veranstaltung von ihm in Leipzig wurde ein gewisser Marko Großkreutz getötet, genauer gesagt niedergestochen. Seine Frau ist Peggy Großkreutz, geborene Kachl, sie ist auch in Kirchhofen aufgewachsen. Wir müssen der Sache nachgehen«, antwortete Wiggins. »Kennen Sie Peggy Kachl?«

»Nicht so gut. Ich hatte nicht viel mit den Mädchen zu tun, wie Sie sich denken können.«

»Wir haben gehört, dass Peggy und Martin Luther während der Schulzeit zusammen waren.«

Der Pfarrer lächelte wieder. »Glauben Sie etwa, die jungen Burschen erzählen einem Priester etwas über ihr Liebesleben?«

»Vielleicht haben Sie etwas mitbekommen, was uns interessieren könnte«, hakte Kroll nach.

»Es gibt Dinge zwischen Himmel und Erde, die weiß nur der Herrgott allein.«

Kroll wurde neugierig. »Wie meinen Sie das?«

»Wie ich es gesagt habe«, sagte der Pfarrer verlegen. »Einem Priester erzählt man nicht alles.«

Kroll und Wiggins wechselten kurz die Blicke. Sie wollten sich aufmachen zum Gehen, als Kroll eine Frage einfiel. »Was halten Sie von der Organisation MANUS DEI?«

Pfarrer Bachlhuber winkte ab. »Die übertreiben es, die Brüder. Als hätte es das zweite Vatikanum nie gegeben. Die sind fast schlimmer als die Lutheraner.« Er sah verständnislos zu Boden. »Ich verstehe den Pius nicht, warum der so abgedreht ist. Ich habe ihm das bestimmt nicht beigebracht. Und wie der aussieht, so spindeldürr. Der sollte lieber eine gescheite Haxen essen, dann würde der wieder ins richtige Leben finden.«

Die Kommissare sahen sich erstaunt an. »Reden Sie etwa über Pius Ratzenburg?«

Der Pfarrer nickte. »Ja natürlich. Der war auch bei mir Ministrant. Hat Kirchhofen auch gleich nach dem Abitur verlassen. Der ist mit Martin in eine Klasse gegangen.«

Kroll und Wiggins konnten nicht glauben, was sie gerade gehört hatten. »Der Pius Ratzenburg ist in Kirchhofen am Inn groß geworden?«

Pfarrer Bachlhuber konnte die Verwunderung der Kommissare nicht verstehen. »Sag ich doch. Was ist daran so außergewöhnlich? Wir haben eine hohe Geburtenrate.«

»Wann haben Sie Pius Ratzenburg zuletzt gesehen?«, wollte Kroll wissen.

Jetzt wurde der Pfarrer nachdenklich. »Komischerweise gestern, nach all der langen Zeit. Ich war überrascht. Er stand auf einmal vor der Tür.«

»Was war der Grund für seinen Besuch?«, fragte Kroll.

»Er wollte das Gleiche wissen wie Sie. Er fragte mich, ob ich irgendetwas wüsste über Martin und Peggy Kachl. Aber ich konnte ihm genauso wenig erzählen wie Ihnen. Ich habe ihm noch die Leviten gelesen, wegen der MANUS DEI-Geschichte, aber das hat ihn wenig beeindruckt.«

Die Polizisten reichten dem Pfarrer die Hand.

»Vielen Dank, Herr Pfarrer. Sie haben uns sehr geholfen.«

Als sie das Pfarrhaus verlassen hatten, blieben sie einen Moment stehen. Wiggins war perplex. »Ich werde verrückt: Der Ratzenburg kommt auch aus diesem Kaff.«

»Und er ist mit Luther zur Schule gegangen und kannte mit Sicherheit Peggy Großkreutz«, fuhr Kroll fort. »Und taucht hier auf. Ausgerechnet jetzt.«

»Aber warum?«

»Das fragen wir ihn am besten selbst.«

»Mir ist etwas aufgefallen«, sagte Wiggins, als sie sich auf den Weg zum Hotel gemacht hatten. »Pfarrer Bachlhuber hat doch erzählt, dass sich Martin Luther früher ganz liebevoll um die kleinen Messdiener gekümmert hat. Vielleicht ist es zu Übergriffen gekommen. Das sollte man in der Katholischen Kirche nie ausschließen.«

»Keine Ahnung«, antwortete Kroll. »Wir besorgen uns die Namen der Jungen, die er betreut hat. Da soll sich die SoKo drum kümmern.«

Die Polizisten staunten nicht schlecht, als ihnen der Reporter Günther Hirte entgegenkam. Er begrüßte die Kommissare freundlich mit einem Lächeln.

»Was machst du denn hier?«, kam Kroll gleich zur Sache. »Ich habe das Gefühl, dass sich halb Leipzig in Kirchhofen am Inn aufhält.«

»Recherchieren«, antwortete der Reporter. »Was sonst. Ihr glaubt doch nicht etwa, dass ich Urlaub mache. Oder vielleicht doch. Ich habe ein paar nette Dorfschönheiten gesehen, und die haben mich ganz lieb angelächelt. Ich glaube, da geht was.«

»Die sind alle erzkatholisch«, bremste Wiggins die Euphorie des Reporters. »Die musst du erst heiraten, bevor da was geht.«

»Wenn ihr euch da nicht täuscht. Die haben noch nie so einen Kerl wie mich gesehen. Die vergessen bestimmt ihre ganze Erziehung und alles andere.«

Kroll wurde ungeduldig. »Also jetzt im Ernst, Günther. Warum bist du hier?«

Hirte tat so, als würde er die Frage nicht verstehen. »Ihr seid verschlossen wie eine Auster. Von euch erfahre ich nichts. Und von mir wollt ihr wertvolle Infos haben. Aber so geht das nicht.«

»Wir sind die Polizei, Günther.«

»Und ich bin der Journalist.«

Kroll verdrehte die Augen und sah Hirte mit strengem Blick an. »Du weißt doch genau, dass du immer die ersten Infos kriegst, wenn wir das verantworten können. Und wenn du willst, dass das so bleibt, dann solltest du mit uns reden.«

»Ist schon gut. Ihr seid bestimmt hier, weil ihr wisst, dass Peggy Großkreutz und Luther hier gemeinsam zur Schule gegangen sind. Ich wollte mich umhören, ob ich mehr erfahre.«

Kroll war wenig begeistert. »Das könnte unsere Ermittlungen gefährden, wenn drei Leute rumrennen und die gleichen Fragen stellen.«

Hirte beachtete Krolls Bedenken nicht.

»Was habt ihr gemeint, als ihr gesagt habt, dass halb Leipzig hier ist?«

»Also gut«, stöhnte Kroll. »Ratzenburg ist auch hier.«

Der Reporter war nicht überrascht. »Das wundert mich nicht. Der ist schließlich auch hier geboren.«

Sie wurden unterbrochen, als Krolls Handy klingelte. Er drückte auf die Taste mit dem grünen Hörer. Nach wenigen Minuten beendete er das Gespräch mit der Zusage, dass sie sofort nach Leipzig zurückkommen würden. Dann sah er Wiggins an. »Peggy Großkreutz ist tot. Sie wurde heute Morgen erschossen in ihrer Wohnung aufgefunden. Wir fahren sofort zurück nach Leipzig.«

Er wandte sich an den Journalisten. »Also gut, Günther. Recherchiere du hier ruhig weiter. Aber eins musst du uns versprechen: Wenn du irgendetwas herausfindest, erfahren wir es, bevor es in der Zeitung steht.«

»Manus manum lavat«, war Hirtes trockene Antwort.

DONNERSTAGMORGEN

Gegen zehn Uhr erreichten die Polizisten das Gerichtsmedizinische Institut. Dr. Schmidt hatte die Obduktion gerade beendet, was Kroll und Wiggins nicht ungelegen kam. Der Rechtsmediziner zog ein grünes Tuch über die Leiche von Peggy Großkreutz. Die Herren begrüßten sich mit einem kurzen Nicken. »Hast du schon was für uns, Doc?«

Dr. Schmidt zog das Leichentuch zurück, sodass der Oberkörper von Peggy Großkreutz frei lag. Die Obduktionsnarben waren deutlich zu sehen. Sie schien friedlich zu schlafen.

Der Rechtsmediziner nahm einen Kugelschreiber und zeigte auf vier Einschusslöcher, eines auf der Stirn, zwei in der Brust und eines im Bauchbereich. »Die erste Kugel hat Peggy Großkreutz in den Bauch getroffen. Wir haben keine Schmauchspuren an der Kleidung gefunden, der Schuss wurde daher wohl aus größerer Entfernung abgegeben. Ich schätze, fünf Meter. Kugel Nummer zwei landete in der rechten Brusthälfte und die dritte Kugel in der linken. Alle Schüsse wurden schnell hintereinander abgefeuert. Alle aus ungefähr derselben Entfernung. Dann muss Peggy auf die Knie gesackt sein. Der Schusskanal des Schusses, der die Stirn getroffen hat, verläuft deutlich von oben nach unten. Dieser Schuss wurde aus nächster Nähe abgegeben. Er hat letzten Endes zum Tod geführt.«

»Klingt nicht nach einem Profi«, dachte Kroll laut. »Der Täter hat aus der Entfernung auf den Körper gezielt. Erst als er oder sie sich sicher waren, dass Peggy Großkreutz sich nicht mehr wehren konnte, hat er sie mit einem gezielten Kopfschuss hingerichtet.«

»Das sehe ich genauso«, bestätigte der Rechtsmediziner.

»Hast du noch etwas Erwähnenswertes für uns?«, fragte Wiggins.

Dr. Schmidt zuckte mit den Schultern. »Sie hatte einen Blutalkoholgehalt von 1,2 Promille. Die Dame hatte ordentlich getrunken. In ihrem Magen habe ich Rotwein und Cognac gefunden. Sie war aber keine Trinkerin. Die Leber ist unauffällig. Ihr Abendbrot bestand aus Pizza.«

»Tatzeit?«, kam die obligatorische Frage.

»Gestern gegen 23 Uhr. Da bin ich mir ganz sicher. Die Raumtemperatur war nahezu konstant. Da kann ich anhand der Rektaltemperatur ziemlich genaue Angaben machen.«

Kroll und Wiggins beriefen unverzüglich eine Sitzung der SoKo ein und ließen sich auf den neuesten Stand der Ermittlungen bringen. An der Wohnungstür von Peggy Großkreutz waren keine Einbruchspuren erkennbar, was die Vermutung nahelegte, dass sie ihren Mörder oder ihre Mörderin kannte. Ansonsten hatten die Beamten nichts Auffälliges festgestellt. Das war in diesem frühen Stadium auch nicht zu erwarten. Kroll wies seine Kollegen an, intensiv nach Unterlagen zu suchen, die mit der Kindheit und Jugend von Frau Großkreutz in Zusammenhang standen: alte Briefe, Dokumente, Zeitungsartikel, vielleicht sogar ein Tagebuch.

Anschließend gingen die Kommissare in das Büro von Staatsanwalt Reis.

»Jetzt haben wir eine weitere Leiche«, eröffnete der Staatsanwalt mit wenig Begeisterung das Gespräch. »Wie weit seid ihr?«

»Wir kommen nicht so recht voran«, antwortete Kroll. »Ricco Dünkel, der Täter, verweigert die Aussage, was sich nicht ändern wird, solange der von Fischhand vertreten wird. Warum Pilatus dem Dünkel geholfen hat, wissen wir nicht. Der erzählt uns nichts. Wir wissen, dass Luther und Pilatus sich in der Psychiatrie kennengelernt haben, können uns aber keinen Reim darauf machen. Es spricht vieles dafür, dass das Motiv für den Mord in Luthers Kindheit oder Jugend liegt. Luther und Peggy Großkreutz sind zusammen in Kirchhofen am Inn zur Schule gegangen. Möglicherweise wusste Peggy etwas, was Luther schaden könnte. Aber was? Dieser Ratzenburg ist in Kirchhofen aufgetaucht. Vielleicht weiß der mehr als wir.«

Der Staatsanwalt legte eine lange Denkpause ein. »Pius Ratzenburg? Warum ermittelt der auf eigene Faust?«

Kroll sah den Staatsanwalt ratlos an. »Keine Ahnung. Mir hat er erzählt, ihm gefalle es nicht, dass sein MANUS DEI unter Verdacht geraten ist, und weil die Polizei nichts erreiche, müsse er halt selbst ermitteln. Aber das kann vorgeschoben gewesen sein.«

»Und habt ihr in Kirchhofen etwas herausbekommen?«

»Nicht wirklich. In dem Dorf hat nur einer das Sagen, und das ist Luthers Vater, ein gewisser Ewald Luther. Dem gehört das halbe Dorf, und außerdem ist er der mit Abstand größte Arbeitgeber. Keiner traut sich, sich mit ihm anzulegen.«

»Habt ihr mit ihm gesprochen?«

Wiggins musste an ihren unrühmlichen Auftritt im HIRSCHEN denken. »Ja, das ist ein gestandenes bayerisches Mannsbild. Den bringt nichts aus der Ruhe, schon gar nicht irgendwelche Fragen der Polizei.«

Der Staatsanwalt sah auf die Uhr. »Also gut. Redet mit Martin Luther. Wir könnten ein paar Ergebnisse gebrauchen. Die Presse macht Druck, und ihr wisst, was das heißt. Ich bekomme täglich Anrufe aus dem Ministerium.«

Sie hatten sich mit Martin Luther im GONZALES verabredet. Es überraschte die Polizisten nicht, dass seine ständige Begleitung Anja Rocchiani bei ihm war. Sie saßen an einem der Tische in der Gottschedstraße und tranken Kaffee. Kroll und Wiggins setzten sich an ihren Tisch.

Zu ihrer Überraschung ergriff Luther gleich das Wort. »Wir haben erfahren, dass Peggy Großkreutz ermordet wurde. Das ist schrecklich. Was ist nur los in Leipzig? Unvorstellbar.«

»Sie haben uns nicht erzählt, dass Sie Peggy kannten«, sagte Kroll. »Das hätte unsere Ermittlungen vereinfacht.«

Luther tat so, als wäre er entsetzt und gleichfalls überrascht. »Sie haben mich nicht danach gefragt. Außerdem, was hat das mit dem Mord beziehungsweise mit den Morden zu tun? Das ist doch abwegig. Sie sollten Ihre Ermittlungen lieber objektiv führen.«

»Ach ja?«, war Wiggins erstaunt. »In unserem Geschäft haben wir äußerst selten erlebt, dass es Zufälle gibt. Und es ist sicherlich kein Zufall, dass die Frau des ersten Opfers, die nun nicht mehr lebt, mit Ihnen in Kirchhofen zur Schule gegangen ist. Und dass Sie Ratzenburg aus Ihrer Kindheit kennen, haben Sie uns ebenfalls nicht erzählt.«

Luther kam ins Grübeln. Er rührte unmotiviert seinen Kaffee um. »Ich verstehe das alles nicht. Was soll das zu bedeuten haben?«

»Das würden wir gerne von Ihnen erfahren«, wurde Wiggins bestimmt.

Jetzt mischte sich Anja Rocchiani ein. »Es ist egal, ob Sie an Zufälle glauben. Wir sind fest davon überzeugt, dass irgendwelche alten Geschichten aus Kirchhofen nicht das Geringste mit diesen schrecklichen Verbrechen zu tun haben. Sie verrennen sich da in etwas. Das können Sie mir ruhig glauben. Wenn es anders wäre, würden wir es Ihnen erzählen. Diese Dinge sind nicht gerade förderlich für Martins Image.«

Kroll griff Anjas Bemerkung auf. »Alte Geschichten? Was meinen Sie mit alten Geschichten?«

Anja sah verlegen zu Boden. »Nichts Bestimmtes. Das habe ich nur so gesagt.«

Kroll ignorierte Anja demonstrativ und wandte sich Luther zu. »Wir werden herauskriegen, was damals in Kirchhofen vorgefallen ist, das ist so sicher wie das Amen in Ihren Predigten. Auch wenn Ihr Vater alle zum Schweigen verdammt hat. Aber glauben Sie mir: Ein ganzes Dorf kann nicht schweigen. Irgendeiner wird reden. Und es liegt an Ihnen, mit uns zu kooperieren.«

Martin Luther war verunsichert. Er suchte kurz Anjas Blickkontakt. »Ich würde Ihnen gerne helfen, wenn ich könnte.«

»Also gut. Wie Sie wollen. Dann sagen Sie uns bitte, wo Sie gestern Abend gegen 23 Uhr waren.«

Luther wollte etwas sagen, aber Anja kam ihm zuvor. »Wir waren in unserem Hotelzimmer. Wir sind um diese Uhrzeit zu Bett gegangen.«

Kroll sah Luther mit festem Blick an. »Stimmt das?«

»Ja«, antwortete Luther.

Kroll hakte nach. »Wann haben Sie Peggy Großkreutz zuletzt gesehen oder gesprochen?«

»Das ist lange her. Wir haben uns seit der Kindheit aus den Augen verloren.«

»Nicht hier in Leipzig?«

»Nein.«

»Das haben Sie auch über Marko Großkreutz gesagt, bevor wir Ihnen anhand der Handydaten das Gegenteil nachgewiesen haben.«

Anja Rocchiani fühlte sich verpflichtet, Luther

zu Hilfe zu kommen. »Aber ich habe Ihnen doch gesagt, dass …«

»Ich habe nicht Sie gefragt«, fuhr ihr Kroll ins Wort. »Also Herr Luther, haben Sie uns etwas zu sagen?«

»Nein«, stammelte der Prediger mit leiser Stimme.

»Ich hoffe, Sie wissen, was Sie tun. Ich muss Sie bitten, die Stadt nicht zu verlassen.«

Die Polizisten verabschiedeten sich.

Sie erreichten Pius Ratzenburg an seinem Mobiltelefon. Er war gerade auf dem Rückweg von Kirchhofen am Inn nach Leipzig. Offenbar hielt er zurzeit seine Anwesenheit in Leipzig für dringlicher als am Hauptsitz von MANUS DEI in Köln.

Kroll teilte Ratzenburg mit, dass er es nicht für sinnvoll halte, dass Ratzenburg auf eigene Faust Polizeiarbeit betreibe. Er entgegnete nur, dass dies in einem freien Land nicht verboten sei und dass er keine Lust habe zu warten, bis die Polizei endlich brauchbare Ergebnisse liefern würde, falls dies überhaupt einmal der Fall sein sollte.

Kroll beschloss keine Diskussion über die Qualität ihrer Arbeit zu führen und ignorierte die Kritik. »Haben Sie etwas herausgefunden?«

»Ja, natürlich, man muss nur die richtigen Leute fragen. Aber dazu waren Sie offenbar nicht in der

Lage. Ich habe gehört, Sie haben sich im HIRSCHEN volllaufen lassen. Kein Wunder, dass bei einer derartigen Arbeitseinstellung keine brauchbaren Ergebnisse herauskommen.«

Krolls Geduldsfaden wurde mächtig strapaziert. »Herr Ratzenburg, es wäre schön, wenn wir sachlich bleiben könnten.«

»Wo war ich unsachlich? Ich habe nur die aktuelle Situation analysiert. Dass Ihnen das nicht gefällt, kann ich nur zu gut verstehen.«

»Sie sagen mir bitte, was Sie herausgefunden haben.«

»Ich denke gar nicht daran. Sie müssen Ihre Arbeit schon selbst machen.«

»Sie wissen, dass Sie sich strafbar machen, wenn Sie uns nicht erzählen, was Sie wissen.«

»Ich habe nicht nur Theologie, sondern auch Rechtswissenschaft studiert. Beide Studien übrigens hervorragend abgeschlossen. Ich weiß genau, wann ich mich strafbar mache und wann nicht.«

Kroll verdrehte die Augen und stöhnte laut. »Was soll das, Herr Ratzenburg? Wollen Sie nicht, dass wir den oder die Täter finden? Was nützt Ihnen Ihre Haltung. Was haben Sie vor?«

»Die Rache ist mein, spricht der Herr. Auf Wiedersehen.« Er legte auf.

»So ein Idiot!«, schimpfte Kroll. »Was kann

der herausgefunden haben? Vielleicht will der uns nur beeindrucken oder runtermachen.«

Wiggins überlegte, während er an einem Bleistift kaute. »Das glaube ich nicht. Du darfst nicht vergessen, dass Ratzenburg in diesem Kaff geboren wurde. Er kennt dort bestimmt viele Leute. Und er ist Priester, dem vertrauen sich viele Menschen an. Möglicherweise hat er einen guten Draht zu Pfarrer Bachlhuber. Glaube verbindet.«

Kroll rieb sich die Augen und ging zur Kaffeemaschine. »Das ist ein Scheißfall. Alle Leute, die uns etwas Sinnvolles erzählen können, schweigen wie ein Grab. Was ist nur los?«

»Wann ist die Beerdigung von Peggy Großkreutz?«, fragte Wiggins.

»Am Montagmorgen auf dem Südfriedhof. Warum?«

»Es ist doch zu erwarten, dass die engsten Freundinnen zur Beerdigung kommen. Mit denen müssen wir unbedingt reden.«

Kroll stellte die Kaffeetasse hin und griff zum Telefonhörer. »Gute Idee. Soll sich die SoKo drum kümmern.«

Bei dem Telefonat mit seinem Mitarbeiter erfuhr er, dass bei Peggy Großkreutz eine Kiste mit alten Dokumenten, vor allem Briefen, gefunden worden war. Kroll und Wiggins beschlossen, sich die Unterlagen genauer anzusehen, und gingen in den Raum, in dem sich die Kiste befand.

Die Polizisten zogen sich Handschuhe an und öffneten den großen Schuhkarton. Der Inhalt bestand ausschließlich aus alten Briefen und Postkarten, nur Post, die Peggy Großkreutz erhalten hatte. Briefe, die zwar geschrieben, aber nicht abgesendet worden waren, oder gar Tagebuchaufzeichnungen waren nicht darunter. Alles war sehr unübersichtlich, eine Ordnung, zum Beispiel nach dem Datum, gab es nicht. Die Polizisten hatten große Mühe, die nicht immer gut lesbare Handschrift, die teilweise ausgebleicht war, zu entziffern.

Nach langem Suchen entdeckten sie einen Brief, der ihr Interesse weckte. Er stammte aus dem Jahr 1979, Peggy war damals 19 Jahre alt und wohnte in München.

Liebe Peggy,

jetzt wohnst Du schon seit vielen Monaten in München, und obwohl es von Kirchhofen nach München nur ein Katzensprung ist, haben wir uns so lange nicht mehr gesehen. Ich habe leider das Gefühl, dass Du mit allem, was Deine Zeit in Kirchhofen angeht, abgeschlossen hast und nichts mehr mit den Dingen zu tun haben willst, die sich auf Deine Heimat beziehen. Du kommst nicht mehr her, hast keinen Kontakt mehr zu Deiner Familie und Deinen Freunden, es hat den Anschein, daß Du Kirchhofen aus Deiner persönlichen Landkarte vollkommen gelöscht hast. Das ist sehr schade, weil Dich viele Menschen sehr vermissen, vor allem Deine alten Freundinnen Gerda und natürlich ich.

Es ist unvorstellbar schlimm und schrecklich, was Du erfahren musstest, und genauso schlimm ist es, wie die Leute in unserem Dorf mit der Angelegenheit umgegangen sind. Alle hatten nur Angst, sich mit dem Big Boss anzulegen, keiner war da, der sich auf Deine Seite gestellt hat. Alle haben nur an sich und ihre eigenen Interessen gedacht, allen voran die Polizei, die versucht hat, dieses schreckliche Ereignis schnell und vor allem diskret zu beerdigen. Vielleicht bist Du enttäuscht von Gerda und mir. Aber was hätten wir machen sollen? Wir waren junge Mädchen, und auf uns hat doch niemand gehört, genauso wenig wie auf Dich.

Ich weiß, es ist nicht möglich, dieses schreckliche Ereignis aus dem Gedächtnis, aus dem Leben, zu streichen. Aber es sollte nicht ein ganzes Leben lang im Vordergrund stehen und Dich ununterbrochen beschäftigen. Auch wenn es Dir schwer-

fällt, was allzu verständlich ist: Das Leben geht weiter und sollte auch für Dich weitergehen.

Bitte schreibe mir und sage mir, daß wir uns ganz schnell wiedersehen, entweder hier oder in München.

Ich vermisse Dich sehr,
Deine liebe Freundin Anne

Kroll sah sich die Rückseite des Umschlages an. Absender war eine gewisse Anne Lieberknecht aus Kirchhofen am Inn.

Kroll betrachtete den Brief. Er war in seine Gedanken vertieft. ›Von welchem Ereignis schreibt diese Anne Lieberknecht? Da muss etwas Schreckliches vorgefallen sein. Etwas so Abscheuliches, dass Peggy Kirchhofen verlassen hat und mit allen ihren Kontakten gebrochen hat, sogar mit ihrer Familie.‹

»Das ist genau das, wonach wir suchen. Und wenn das stimmt, was in diesem Brief steht, ist davon auszugehen, dass es nicht einfach ist, diese Mauer des Schweigens zu durchbrechen. Der *Big Boss* ist mit Sicherheit Ewald Luther und sein Einfluss heute genauso stark wie vor 36 Jahren.«

Kroll steckte den Brief in eine durchsichtige Plastiktüte und gab sie dem Mitarbeiter der Spurensicherung. »Seht euch den genauer an. Vielleicht findet ihr etwas heraus, was uns interessieren könnte.« Dann wandte er sich an Wiggins. »Komm Wiggins, an die Arbeit.«

Als sie in ihrem Büro eingetroffen waren, setzte sich Wiggins sofort an den Computer. »Scheiße«, entwich es ihm nach wenigen Minuten. »Anne Lieberknecht ist vor vier Jahren verstorben.«

Kroll schlug frustriert mit der Hand auf den Tisch. »Was ist bloß los? Warum läuft alles gegen uns?« Er griff zum Telefonhörer. »Es gibt das Polizeirevier in Kirchhofen. Die müssen einen Vorgang angelegt haben.«

Kurze Zeit später hatte er einen Gesprächspartner. »Mein Name ist Kroll, Kripo Leipzig. Wir bräuchten Ihre Unterstützung in einem älteren Fall. Es geht um eine gewisse Peggy Großkreutz, damals hieß sie Peggy Kachl.«

»Grüß Gott, Herr Kollege. Geht es etwas genauer? Was versteht ihr denn unter einem älteren Fall?«

»Auf jeden Fall vor 1979, sagen wir, ein Zeitraum von drei bis vier Jahren.«

»Das wird schwierig. Ich bin erst seit 20 Jahren hier. Der Name Peggy Kachl sagt mir überhaupt nichts.«

»Können Sie bitte in Ihrem Archiv nachsehen? Es ist wirklich dringend, wir ermitteln in einem Mordfall.«

»Mordfall?«, kam es erstaunt aus der Leitung. »Sie rufen aus Leipzig an. Reden Sie von der Geschichte nach der Veranstaltung mit Martin Luther? Wir lesen hier auch die Zeitung.«

»Ja genau. Können Sie uns helfen?«

Eine kleine Pause. Der Beamte am anderen Ende der Leitung war zögerlich. »Das wird schwierig.«

»Wieso?«

»Wegen der Amtshilfe. Ich brauche ein offizielles Amtshilfeersuchen.«

Kroll verdrehte die Augen. »Mein lieber Kollege. Muss alles so förmlich sein? Kann man sich unter Kollegen nicht mal einen kleinen Gefallen tun, ohne gleich den gesamten Behördenapparat in Bewegung zu setzen?«

»Das mag bei euch im Osten so gehen. Aber bei uns gelten die Vorschriften. Bedauere. Bei einem offiziellen Amtshilfeersuchen werden wir sicherlich tätig werden.«

Kroll knallte den Hörer auf das Telefon. »Leck mich! Reis soll sich darum kümmern.«

»Das kann dauern«, stöhnte Wiggins. »Aber eine Chance haben wir. Wir müssen Peggys alte Freundin Gerda finden. Hoffentlich lebt die noch.«

Der Anruf bei Pfarrer Gottlieb Bachlhuber war gleichfalls ein Schlag ins Wasser. Sie hatten nichts anderes erwartet. Der Pfarrer teilte ihnen mit, dass er mit der Damenwelt im Ort nicht viel zu tun hatte, weil er sich schließlich um die Ministranten kümmern musste. Damals sei es nicht üblich gewesen, dass Mädchen den Dienst als Messdiener verrichteten. Der Bischof sei zu dieser Zeit strikt dagegen gewesen, aber das habe sich zum Glück inzwischen geändert. Kroll und Wiggins konnten sich des Eindruckes nicht erwehren, dass der alte Luther hinter diesem ganzen Schweigen steckte. Sie beschlossen, die Suche nach Gerda der SoKo zu übertragen.

DONNERSTAGMITTAG

Martin Luther und Anja Rocchiani beschlossen, am Zwenkauer See segeln zu gehen. Es herrschten ausgezeichnete Windverhältnisse, und der Zwenkauer See bot sich geradezu an, um Luthers großer Leidenschaft nachzugehen. Der See war erst vor kurzer Zeit vollständig fertiggestellt worden. Er fügte sich nahtlos in das Ensemble der vielen Seen ein, die im Leipziger Süden aus ehemaligen Tagebaugebieten entstanden waren und nun das Leipziger Neuseenland bildeten, eine Region, die aufgrund ihrer neu entstandenen Schönheit bei den Leipzigern das Erholungsgebiet Nummer eins war, sich auch bei Touristen immer größerer Beliebtheit erfreute. Der Zwenkauer See war aufgrund seiner Größe gerade bei Wassersportlern sehr beliebt.

Sie gingen auf das neu angelegte Hafengelände zu. Luther hielt an und ließ seinen Blick über das Gewässer schweifen. Der See lag vor ihnen, umgeben von viel Grün. Die Fläche des Sees mit ihren 970 Hektar wurde von 22 Kilometern Uferlänge umrahmt. Ein beeindruckender Anblick. »Ich finde das unglaublich: Als hier zu DDR-Zeiten die stinkende Braunkohle abgebaut wurde, gehörte diese Region zu den hässlichsten und dreckigsten Flecken im Arbeiter- und Bauernstaat. Und jetzt ist ein Paradies entstanden, das zu den schönsten Erholungsgebieten im ganzen Osten gehört, wenn nicht sogar in ganz Deutschland.«

Er legte seinen Arm um Anja. »Und das gilt nicht nur für Zwenkau. Die haben die Seen miteinander verbunden. Du kannst von hier mit einem Boot durch den Cospudener See und von da aus durch den Auenwald bis in die Leipziger Innenstadt fahren. Hier zeigt sich Gottes Schöpfung.«

»Das war die Braunkohle aber auch«, erwiderte Anja humorlos.

Sie mieteten eine Jolle im Hafen und legten ab. Beiden tat der Segeltrip gut. Der Wind, die Wellen, das Boot und die Natur. Sie vergaßen all ihre Sorgen und vor allem den Ärger der letzten Tage.

Nachdem sie angelegt hatten, gingen sie in ein gemütliches kleines Restaurant an der Uferpromenade und gönnten sich ein Glas Weißwein.

»Lass uns ein paar Schritte am Ufer machen«, schlug Luther vor. »Wer weiß, wann wir das nächste Mal in so einer schönen Gegend sind.«

Sie gingen in westlicher Richtung die Uferpromenade entlang, bis sie den unbefestigten Weg erreicht hatten, der um den See führte. Sie erreichten das Waldgebiet Eichholz, das früher zum Leipziger Auenwald gehörte, jedoch durch den Tagebau von ihm getrennt wurde.

Martin Luther atmete tief durch und wies in Richtung der Bäume. »Geh ruhig langsam am Ufer weiter. Ich gehe kurz hinter die Bäume, den Wein wegbringen.«

Während Anja gemütlich am Ufer weiterschlenderte, ab und zu einen flachen Stein auf den See warf, um diesen springen zu lassen, ging er in das Eichholz. Er ging zirka 20 Meter in den Wald, bis er einen geeigneten Baum für seine Notdurft gefunden hatte. Luther musste immer damit rechnen, dass ihm irgendwelche Paparazzi auf den Fersen waren, und war deshalb bemüht, einen größtmöglichen Sichtschutz zu haben. Ein Foto in der Bild-Zeitung, das ihn beim Pinkeln in der freien Natur zeigte, konnte er beim besten Willen nicht gebrauchen. Er sah sich noch einmal um, bevor er den Hosenstall öffnete und sich erleichterte. Das Tuch, das mit dieser chemisch riechenden Flüssigkeit durchtränkt war, nahm er erst wahr, als es ihm auf Mund und Nase gedrückt wurde. Aber da war es schon zu spät. Das Letzte, was er mit Bewusstsein wahrnahm, war das Wegsacken seiner Beine.

Anja Rocchiani wunderte sich schon nach wenigen Minuten, dass Martin Luther noch nicht zurückgekommen war. Sie kannte seine Angewohnheit, lieber tiefer in den Wald zu gehen, als den erstbesten Baum zu nehmen. Dann dachte sie, dass er vielleicht nicht nur das kleine Geschäft erledigen musste, aber als er nach einer Viertelstunde noch immer verschwunden war, machte sie sich Sorgen. Sie ging an der Stelle, an der sie ihren Lebensgefährten zuletzt gesehen hatte, in den Wald. Sie suchte hinter jedem Baum und jedem Strauch und rief immer wieder seinen Namen. Aber sie konnte ihn weder sehen, noch hören. Ihre Sorgen wurden immer größer. Jetzt war sie sich sicher, dass etwas passiert sein musste. Luther erfreute sich zwar bester Gesundheit, aber der Stress der letzten Tage hatte möglicherweise größere Spuren hinterlassen, als sie es selbst wahrgenommen hatte. Wie oft hört man, dass Menschen ohne Vorankündigung, quasi aus dem Nichts, umfallen. Das Herz, der Kreislauf oder was noch alles in Frage kommen konnte. Luther lag vielleicht irgendwo im Wald und brauchte dringend Hilfe, wenn es nicht schon zu spät war. Sie griff nach ihrem Handy und wählte die 110. Sie suchte weiter, bis die Polizei eintraf.

Der Suchtrupp bestand aus einer Hundestaffel mit zehn Hundeführern. Der Einsatzleiter nahm sich viel Zeit, ließ sich von Anja genau erklären, was vorgefallen war. Anschließend verschwand die gesamte Hundestaffel im Wald.

Anja setzte sich auf eine Bank und wartete. Nervös malträtierte sie ihre Nagelbetten. Den Becher Kaffee, den Kroll ihr reichte, nahm sie zunächst zögerlich, aber dann dankend an. Ihre Hand zitterte.

Nachdem sie Kroll und Wiggins erzählt hatte, was vorgefallen war, konnte sie ihre Tränen nicht zurückhalten. Es war das erste Mal, dass die Polizisten die junge Frau derart aufgelöst sahen. Sie war nicht mehr die professionelle Managerin, die bislang nie die Beherrschung verloren hatte und für die Gefühle in eine andere Galaxie zu gehören schienen. »Es ist so schrecklich. Was kann nur passiert sein? Hoffentlich ist es nicht zu spät. Ich hätte doch bestimmt eher die Polizei rufen müssen. Oh Gott!«

Kroll versuchte sie zu beruhigen.

Der Leiter der Hundestaffel kam auf sie zu. »Komm mal mit, Kroll, ich denke, das solltest du dir ansehen.«

Kroll folgte ihm in den Wald, Anja hinterher. Sie kamen zu einer Stelle, die großzügig mit dem blau-weißen Flatterband abgesperrt war. Der Hundeführer deutete auf eine Stelle hinter einer großen Eiche. »Hier wurde vor Kurzem uriniert. Unsere Hexe kennt sich damit aus.«

Kroll betrachtete die Stelle. Es war nichts zu sehen, die Körperflüssigkeit war verdunstet. Aber auf die Hündin war Verlass. Das wusste er.

Sein Kollege bückte sich und zeigte mit dem Zeigefinger eine Linie. »Hier sind Schleifspuren zu erkennen. Vermutlich von Schuhabsätzen. Die Person, die sich hier erleichtert hat, wurde weggezogen.«

Er sah erst Anja Rocchiani und dann Kroll unsicher an. Kroll gab ihm ein Zeichen weiterzuerzählen.

»Die Person wurde von hinten, wahrscheinlich am Oberkörper, festgehalten und dann weggeschleift. Kommt mal mit.«

Sie gingen eine Strecke von zirka 35 Metern, bis sie zu einem Waldweg gelangten. »Hier sind deutlich Reifenspuren zu sehen. Die Schleifspuren enden hier. Ich bin mir sicher, dass die Person mit einem Auto abtransportiert wurde.«

»Habt ihr die Spusi informiert?«

»Ist schon auf dem Weg.«

Kroll sah sich in der Umgebung um. Es konnten keine ernsthaften Zweifel daran bestehen, dass Luther entführt worden war. »Wo führt der Weg hin?«

»Der Weg teilt sich nach ein paar hundert Metern. Wenn du rechts abbiegst, kommst du auf die B 186 nach Markranstädt und natürlich schnell auf die A 38. Wenn du links abbiegst, kommst du auf die B 2 in Richtung Leipzig oder Pegau.«

»Also überallhin«, bemerkte Kroll frustriert.

»Danke, Kollege. Wartet ihr auf die Spurensicherung?«

Kroll und Anja Rocchiani setzten sich auf die Bank, an der sie sich getroffen hatten. Wiggins kam zu ihnen. Anja war erkennbar beeindruckt von den schrecklichen Informationen. Sie stützte ihren Kopf auf ihre Hände und starrte auf den Boden. Sie sagte nichts, schien wie versteinert.

Kroll war bemüht, die richtigen Worte zu finden. »Frau Rocchiani. Wir müssen versuchen, einen klaren Kopf zu behalten. Martin Luther wurde entführt, das ist sicher. Wir werden mit Sicherheit keine Spuren auf einer Bundesstraße oder Autobahn finden. Wir sind auf Ihre Mithilfe angewiesen.«

Kroll machte eine Pause, um abzuwarten, ob Anja etwas sagen wollte. Aber sie sah weiter regungslos auf den Boden.

»Wir müssen davon ausgehen, dass diese Entführung in Zusammenhang steht mit den Morden an Marko und Peggy Großkreutz. Das heißt, wer Martin Luther entführt hat, scheut nicht vor extremer Gewalt zurück. Martin befindet sich in großer Gefahr. Nochmals: Wenn Sie uns irgendeinen Hinweis geben können, dann bitte jetzt. Wir reden nicht mehr über wirtschaftliche Interessen, sondern wahrscheinlich über Leben und Tod.«

Kroll machte eine Pause. Es dauerte lange, bis Anja Rocchiani sich aufrichtete und ihn ansah. »Diese dämliche Peggy hat Scheiße erzählt. Das war schon immer so. Als Kind und auch später, als sie erwachsen war. Immer nur gequirlte Scheiße! Dafür war sie bekannt. Vor allem in ganz Kirchhofen. Deshalb ist sie weggezogen.«

Kroll wartete, aber Anja verfiel wieder in ihr Schweigen.

»Wie meinen Sie das? Was hat Peggy Großkreutz erzählt?«

Anja schien sich zu fangen. Sie klemmte ihre Haare hinter die Ohren, straffte ihre Kleidung und stand auf. »Dieses dämliche Geschwätz von einer stadtbekannten Lügnerin hat nicht das Geringste mit den Ereignissen in Leipzig zu tun. Ich gehe jetzt ins Hotel. Könnte mich freundlicherweise ein Kollege von Ihnen fahren?«

Kroll nickte und ließ sie gehen.

Wiggins setzte sich neben Kroll und stöhnte deutlich hörbar. »Die Alte ist aus Stein. Ihr Lover wurde entführt, und sie tut nicht das Geringste, um uns zu unterstützen.«

»Die hilft uns bestimmt nicht weiter. Also alles von vorne. Wer könnte den Prediger entführt haben?«

»Wir haben den Brief von Anne Lieberknecht. Wir müssen herauskriegen, von welchem schrecklichen Ereignis sie geschrieben hat. Die Rocchiani hat die damaligen Vorfälle angedeutet. Wenn wir die Geschichte kennen, wissen wir, wer dahinterstecken könnte.«

»Also müssen wir ihre Freundin Gerda finden. Also, los geht's.«

DONNERSTAGABEND

Martin Luther öffnete langsam die Augen. Sein Schädel brummte. Er hatte das Gefühl, aus einem tiefen Koma zu erwachen, was durchaus zutreffend war. Orientierungslos und irritiert schaute er sich in dem Raum, seinem Gefängnis, um. An der Decke hing eine nackte Glühbirne und spendete spärliches Licht. Langsam stand er auf, fiel jedoch auf die Matratze, auf der er gelegen hatte. Der Schwindel machte ihm zu schaffen. Er raufte sich die Haare und suchte nach Verletzungen. Aber er fand keine. Dann betrachtete er seine Hände, zum Glück sah er kein Blut. Der zweite Versuch klappte besser. Er stand wackelig auf seinen Beinen und inspizierte das Verließ. Unter der hohen Decke erkannte er ein Fenster. In dem spärlichen Licht, das die Glühbirne spendete, konnte er einen Lichtschacht und ein Gitter erkennen. Er befand sich in einem Kellerraum.

Er sah sich weiter um. Die Matratze lag ohne Unterbau auf dem Boden, er entdeckte einen Eimer für die Notdurft, daneben eine Rolle Toilettenpapier, zwei große PET-Flaschen mit Wasser, etwas Brot und ein Stück Käse. Erst jetzt konnte er seine Gedanken einigermaßen sammeln. Seine ausweglose Lage machte ihm Angst. Er überlegte kurz, ob er sich bemerkbar machen sollte, etwa durch Klopfen oder lautes Schreien: Aber er verwarf den Gedanken schnell. Er wollte seine Entführer nicht gegen sich aufbringen und hielt es für ratsamer, sie im Glauben zu lassen, dass er schliefe. Langsam ging er zur Tür. Es war eine schwere Stahltür, wie er sie aus Heizungskellern kannte. Vorsichtig drückte er die Klinke herunter und rüttelte zaghaft an der Tür. Die Tür war verschlossen, er hatte nichts anderes erwartet.

Er legte sich auf die Matratze und wartete. Ihm fiel sein Handy ein. Er hatte es in seinem Jackett, genauso wie seine Geldbörse und den Hotelschlüssel. Er sah sich um. Das Jackett hatten sie ihm abgenommen.

Nach einer gefühlten Ewigkeit hörte er Schritte, die immer lauter wurden. Dann wurde das Licht ausgeschaltet. Im Raum war es stockfinster, auch von außen drang kein Tageslicht herein. Er hörte eine Stimme, die durch die geschlossene Tür dumpf klang. »Wir öffnen die Tür. Machen Sie bitte keine Dummheiten. Hinter dieser Stahltür befindet sich eine weitere, die mit einer Zahlenkombination gesichert ist. Ein Fluchtversuch wäre völlig sinnlos. Bleiben Sie auf der Matratze, wir kommen herein.«

Luther richtete sich auf der Matratze auf. Das Schloss wurde geöffnet und die Tür ging langsam und geräuschvoll auf. Drei Personen, vermutlich Männer, traten ein. In der Hand hielten sie eine Taschenlampe und leuchteten ihm ins Gesicht. Er kniff die Augen zu und hielt sich die Hand vor die Augen. Dann blinzelte er in das künstliche Licht. Er konnte so gut wie nichts erkennen, glaubte jedoch Mönchskutten erspäht zu haben. Auf jeden Fall trugen seine Entführer große Kapuzen, die ihre Gesichter in Dunkelheit hüllten.

Er riss seinen ganzen Mut zusammen. »Was wollen Sie von mir?«

Seine Peiniger hatten sich in einer Reihe vor seinem Bett aufgestellt. Die Taschenlampen waren auf sein Gesicht gerichtet.

»Gerechtigkeit«, sagte der Mittlere mit ruhiger, aber deutlicher Stimme.

»Gerechtigkeit?«, wiederholte Luther.

»Wir stellen die Fragen«, stellte der Mittlere klar. »Sie werden ausreichend Gelegenheit zur Stellungnahme bekommen. Da können Sie sich sicher sein.«

»Wollen Sie Geld?«, stammelte Luther.

»Nein, Gerechtigkeit.«

Es trat ein Moment der Stille ein. »Morgen früh beginnt die Gerichtsverhandlung. Sie haben das Recht auf einen Verteidiger.«

»Einen Verteidiger? Wo soll ich den denn herbekommen?«

»Wir würden Ihnen einen Verteidiger zur Seite stellen.«

»Nein danke.« Mehr fiel Luther nicht ein. Seine Angst wurde immer größer. Offensichtlich wollten diese kriminellen Elemente, die ihn entführt hatten, einen zweifelhaften Prozess gegen ihn initiieren. Er war in der Hand von Fanatikern. Da war er sich sicher. Seine Lage war aussichtslos.

»Von was für einer Gerichtsverhandlung reden Sie? Was soll das Ganze? Ich habe definitiv in meinem Leben kein Verbrechen begangen.«

»Das wird die Verhandlung klären. Wir sehen uns morgen früh. Schlafen Sie gut.«

Seine Entführer entfernten sich und schlossen die Tür ab. Das Licht wurde eingeschaltet.

Martin Luther rang nach Luft. Sein Herz raste. Er atmete tief durch. An Schlaf war nicht zu denken.

FREITAGMORGEN

Kroll und Wiggins hatten die SoKo um acht Uhr einberufen. Einziges Thema war die Suche nach Peggys Freundin Gerda. Die Kollegen hatten Fortschritte gemacht. Der Intervention von Staatsanwalt Reis bei den bayerischen Kollegen und dem Justizministerium hatten sie es zu verdanken, dass sie eine Liste der Klassenkameraden von Peggy Kachl bekamen. Nach unzähligen Telefonaten mit ehemaligen Mitschülern hatten sie erfahren, was sie wissen wollten. Gerda Kleefisch, geborene Hasenhüttl, lebte in Kirchhofen am Inn. Gemeinsam mit ihrem Mann bewirtschaftete sie einen Bauernhof, der Milchwirtschaft betrieb. Sie war verheiratet und hatte fünf Kinder.

»Habt ihr euch mit Frau Kleefisch in Verbindung gesetzt?«, fragte Kroll.

»Wir dachten, das wolltet ihr lieber selbst machen«, antwortete ein Kollege. Er schob Kroll einen Zettel rüber. »Das sind die Kontaktdaten.«

»Gute Arbeit, Kollegen.« Kroll und Wiggins verließen das Besprechungszimmer.

Kroll erreichte Gerda Kleefisch im Zug nach Leipzig. Sie hatte sich auf den Weg gemacht, um an der Beerdigung ihrer Freundin Peggy Großkreutz teilzunehmen. Kroll beschloss, sie nicht am Telefon zu vernehmen. Zum einen war der Handyempfang im Zug schlecht, und zum anderen wollte er das Gespräch in ihrer persönlichen Anwesenheit führen. Sie verabredeten, dass die Kommissare sie am Zug abholten.

Trotz der Dunkelheit und Stille in seinem Gefängnis hatte Luther kaum geschlafen. Die ganze Nacht hatte er auf seiner Matratze gelegen und an die Decke gestarrt. Es waren die Ängste und vor allem die Gedanken, die ihn umtrieben. Er ahnte, wer ihn entführt und eingesperrt hatte, aber Gewissheit hatte er nicht. Warum war er in diese Situation geschlittert? Lag das nur an diesen Fanatikern oder hatte er selbst einen Beitrag geleistet? Was hatten diese Leute mit ihm vor? Diese ominöse Gerichtsverhandlung bedeutete nicht Gutes, das war klar. Aber wie würde das alles enden? Hatten sie vor, ihn ewig einzusperren, oder planten sie sogar seine Hinrichtung? Wie ging es Anja? Sicherlich hatte sie die Polizei verständigt. Aber würden die Polizisten ihn überhaupt in diesem Kellerverlies finden? Jetzt bereute er, dass er Kroll und Wiggins nicht die ganze Wahrheit erzählt hatte. Aber er musste auf Anja hören. Sein verdammter Ruf und das Geld.

Das war Anja schon immer das Wichtigste gewesen. Wie würde sie sich verhalten? Jetzt, wo er in großer Gefahr war. Würde sie endlich mit der Wahrheit herausrücken? Bestimmt. Oder doch nicht?

Er sah sich um. In seinem Raum war es stockdunkel. Er hatte kein Zeitgefühl. War der Tag schon angebrochen? Jeden Morgen geht die Sonne auf, hatte er vielen Menschen zum Trost gesagt. Aber an diesem Tag schien die Sonne für ihn nicht aufzugehen. Das Gitter des Lichtschachtes war verhangen. Das wusste er.

Dann wieder Schritte. Die Glühbirne, die über ihm hing, spendete künstliches Licht. Er kniff die Augen zu und wartete, bis sie sich an das grelle Licht gewöhnt hatten. Luther richtete sich auf und lehnte sich an die kalte Wand.

Die Tür öffnete sich. Drei Gestalten, wahrscheinlich dieselben wie gestern Abend, betraten in ihren braunen Mönchskutten den Raum. Einer, der größte von allen, ging voran, die anderen trugen einen Tisch, den sie in die Mitte des Raumes stellten. Während der Lange in seinem Gefängnis verharrte, holten die anderen drei Stühle und stellten sie hinter den Tisch. Dann verließen sie den Raum. Kurze Zeit später kamen sie wieder, jeder hatte eine Kerze in der Hand. Das elektrische Licht wurde gelöscht. Sie stellten die Kerzen auf den Tisch und blieben zwischen Tisch und den Stühlen stehen. Der Lange stand in der Mitte.

»Bitte erheben Sie sich«, vernahm Luther eine Aufforderung in einem für die Situation freundlichen Ton.

Ohne weiter nachzudenken stand Martin Luther auf und stellte sich vor seine Matratze.

Der Lange hatte die Position des Gerichtsvorsitzenden. »Im Namen Gottes, des Schöpfers über Himmel und Erde, erkläre ich die Gerichtsverhandlung gegen Herrn Martin Luther für eröffnet. Möge der Herr uns die Weisheit schenken, zu einem gerechten Urteil zu kommen, das seinem Willen und seinen Lehren gerecht wird.«

Luther konnte die Gesichter seiner selbst ernannten Richter nicht erkennen. Das Kerzenlicht war zu schwach, um in die Kapuzen zu leuchten.

Nach einer kurzen Pause ergriff der Lange das Wort. »Herr Staatsanwalt, bitte verlesen Sie die Anklageschrift.«

Der kleinste der drei, ein untersetzter Mann mit hoher Stimme, räusperte sich. »Der hier anwesende Martin Luther wird beschuldigt, im Sommer des Jahres 1978 Frau Peggy Großkreutz, damals ihren bürgerlichen Namen Peggy Kachl führend, vergewaltigt zu haben. Strafbar nach dem neunten Gebot des Herrn, du sollst nicht begehren das Weib deines Nächsten.«

Wieder dieses Räuspern. Es klang hell, eher nach einer Frau. »Im Einzelnen wird dem Angeklagten Folgendes zur Last gelegt: Im Sommer des Jahres 1978 fand im bayerischen Kirchhofen am Inn, im Gasthof ZUM HIRSCHEN die Abschlussfeier des damaligen Abiturjahrganges statt. Anwesend waren die Schülerinnen und Schüler der Abschlussklasse, unter ihnen der Angeklagte und Frau Peggy Kachl. Der Konsum von alkoholischen Getränken war exzessiv. Der Angeklagte, der erheblich angetrunken war, suchte während der Feier die Nähe zu Peggy Kachl. Peggy Kachl, die gleichfalls Alkohol in nicht unerheblichen Mengen zu sich genommen hatte, ging zunächst auf die Annäherungsbemühungen des Angeklagten ein. Gegen 1.30 Uhr verließ Peggy Kachl die Feier. Sie wohnte in ihrem Elternhaus, welches am Stadtrand der Ortschaft Kirchhofen am Inn lag. Zur Abkürzung wählte sie den Weg durch ein kleines Waldstück. Der Angeklagte folgte ihr unauffällig. Noch bevor Peggy Kachl das Waldstück verlassen konnte, holte sie der Angeklagte ein und zwang sie gegen ihren Willen …«, wieder das helle Räuspern, »… zum außerehelichen Geschlechtsverkehr. Nach der Tat ließ er das hilflose Opfer allein im

Wald zurück und leugnete die Tat bis zum heutigen Tage.«

Der Staatsanwalt hatte seine Ausführungen beendet. Das Gericht setzte sich.

»Sie können sich setzen.« Der Vorsitzende ergriff das Wort. »Angeklagter, Sie können sich zu den Anschuldigungen äußern.«

Zu Beginn hatte Luther diese Veranstaltung in Angst und Schrecken versetzt. Allmählich kochte die Wut in ihm hoch. Was sollte diese dämliche Gerichtsposse? Diese Mischung aus Angst, Verzweiflung und Wut lähmte seine Sinne. Er konnte keinen klaren Gedanken fassen. Er ging zwei Schritte auf sein Gericht zu. »Was soll der Scheiß hier? Wer sind Sie? Sie entführen mich, sperren mich ein und spielen Gericht. Das ist lächerlich. Sind Entführer jetzt Richter? Ich glaube, ich befinde mich in einem Albtraum. Sie können mir gar nichts. Und das noch im Auftrag des Herrn. Einfach nur albern.«

Der vorsitzende Richter überlegte nicht lange. »Gerichtsdiener«, rief er in bestimmtem Ton.

Drei weitere Männer, sie trugen die gleichen Mönchskutten wie die selbsternannten Richter, betraten mit festem Schritt den Raum. Sie stellten sich neben den Richtertisch und warteten auf eine Anweisung.

»Der Angeklagte hat sich missachtend gegenüber dem Gericht geäußert. Legt ihm den Bußgürtel an.«

Zwei kräftige Gestalten gingen zu Luthers Matratze, griffen unter seine Arme und zogen ihn hoch. Der Dritte schob mit einem kräftigen Ruck Luthers Oberhemd nach oben und mit einem genauso kräftigen Ruck die Hose nach unten. Dann legte er den Bußgürtel an. Luther spürte, wie sich die Stacheln in sein Fleisch bohrten. Er schrie auf vor Schmerz. Dann sackte er auf seine Matratze und fiel auf den Rücken. Dies verstärkte den Schmerz. Er setzte sich hin und versuchte den Gürtel so zu platzieren, dass die Stacheln ihn am wenigsten beeinträchtigten. Vergeblich. Der Schmerz war unerträglich. Die Gerichtsdiener verließen den Raum.

Luther sah die Menschen, die über ihn richten würden, an. Er dachte an Anja und die Polizei. Wann war dieses Martyrium endlich vorbei? Oder würde er elendig verrecken?

Der Vorsitzende wartete. Dann nahm er die Verhandlung wieder auf. »Wo waren wir stehen geblieben? Ach ja. Sie haben Gelegenheit, sich zu den Anschuldigungen zu äußern.«

Luther sah auf den Boden. »Ich bin unschuldig. Ich habe Peggy nichts angetan. Es stimmt. Ich bin ihr nach der Abifeier nachgegangen. Ich habe sie gefragt, ob sie mit mir nach Hause kommen wollte. Sie hat abgelehnt, und da habe ich sie gehen lassen. Das ist die Wahrheit.«

»Können Sie das beweisen?«, fragte der Vorsitzende.

In Luther kochte die Wut hoch. Der Schmerz tat sein Übriges. Aber er musste sich beherrschen und sich auf dieses makabre Spiel einlassen. Das war seine einzige Chance. Damit gewann er zumindest Zeit. Er war bemüht, so sachlich wie möglich zu reagieren. Nur nicht das Gericht noch einmal provozieren. Die Folgen wären vermutlich nicht zu ertragen. Luther räusperte sich.

»Bei allem Respekt vor dem Gericht. Aber gilt nicht auch für mich die Unschuldsvermutung? Muss nicht die Anklage mir dieses angebliche Verbrechen beweisen?«

Der Vorsitzende überlegte nicht lange. »Herr Staatsanwalt.«

Der kleine Dicke, der die Anklageschrift verlesen hatte, ergriff das Wort. »Die weltlichen Ermittlungsbehörden haben festgestellt, dass der Angeklagte Frau Peggy Kachl nach der besagten Abiturfeier verfolgt und im Wald aufgesucht hat. Nach der Tat hat sich Peggy Kachl in ärztliche Behandlung gegeben. Dort wurden Verletzungen im Vaginalbereich festgestellt. Gegenüber der Polizei hat Peggy Kachl angegeben, dass der

Angeklagte sie vergewaltigt habe. Die Ermittlungen wurden nur deshalb eingestellt, weil der Vater des Angeklagten, Herr Ewald Luther, seinen mächtigen Einfluss geltend gemacht hat.«

»Das ist nicht richtig«, protestierte Luther mit fester Stimme. »Mein Vater ist zwar ein erfolgreicher Unternehmer, hat aber keinerlei Einfluss auf die Justiz. Die Justiz in Deutschland ist unabhängig. Das erlebt man jeden Tag. Selbst die ranghöchsten Politiker müssen ihre Ämter abgeben, wenn sie die Justiz im Nacken haben.«

Luther machte eine kurze Pause und leerte die Wasserflasche, die neben ihm stand. »Die Wahrheit ist: Peggys Geschichte ist unglaubwürdig. Es gab keine Spermaspuren, obwohl sie behauptet hatte, ich hätte kein Kondom benutzt. Ihre Kleidung wies keine Dreckspuren auf, obwohl sie angegeben hatte, ich hätte ihr das auf dem Waldboden angetan. An den Armen fand man keine Griffspuren. Sie hatte aber erzählt, ich hätte sie heftig mit meinen Händen auf den Boden gedrückt. Bei einer Vergewaltigung sind immer Spuren an den Innenseiten der Oberschenkel vorhanden. Aber es waren keine da. Peggy hat die Geschichte erfunden. Das ist die Wahrheit. Das schwöre ich auf die Bibel.«

Der Vorsitzende schien einen Moment nachzudenken. »Für all das gibt es vielleicht eine

Erklärung. Es muss ja nicht zum Samenerguss gekommen sein. Sie hatten schließlich viel getrunken.«

Luther stand auf. Der Gürtel drückte sich dabei stärker in sein Fleisch. Er verzog das Gesicht vor Schmerzen. Ich war nicht so betrunken, als dass ich mich nicht mehr an den Abend erinnern könnte. Ich habe Peggy nichts angetan.«

Der Vorsitzende schien nachzudenken. »Warum sollte Peggy Kachl dann so etwas behaupten?«

Luther schüttelte den Kopf. »Keine Ahnung.«

Der Vorsitzende stand auf. Die Beisitzer taten es ihm nach. »Das Gericht zieht sich zur Beratung zurück. Die Verhandlung wird morgen früh fortgesetzt.«

»Können Sie mir diesen Gürtel bitte abnehmen? Ich kann nicht liegen, und ich denke, es ist mein Recht, bei der Verhandlung ausgeschlafen zu sein.«

»Sie dürfen den Gürtel selbst abnehmen.«

Das Gericht verließ den Raum. Die Tür fiel ins Schloss.

Im Stehen öffnete Luther die breite Gürtelschnalle. Langsam verließ ein Stachel nach dem anderen seinen Körper. Er betrachtete sich. Seine Hüfte sah aus, als hätten ihn tausend Nägel durchbohrt. Aus jeder Wunde rann Blut, das in kleinen Rinnsalen in seiner Kleidung versickerte. Er nahm ein Handtuch und legte es um seinen Körper. Dann betete er.

Kroll und Wiggins holten Gerda Kleefisch am Leipziger Hauptbahnhof ab. Sie war eine freundliche, leicht untersetzte Dame. Ihre grauen, lockigen Haare lugten unter einem eleganten Hut hervor. Sie trug einen grauen Lodenmantel, darunter ein schwarzes Kleid. Der große, moderne Rollkoffer, den sie hinter sich herzog, ließ vermuten, dass sie länger in Leipzig bleiben wollte.

Kroll und Wiggins beschlossen, mit ihr in einem der Cafés am Thomaskirchhof zu reden.

»Ich hoffe, Sie hatten eine angenehme Anreise«, begann Kroll das Gespräch unverfänglich.

»Die Zugfahrt war in Ordnung, wenn nur der Anlass nicht so schrecklich wäre.«

»Hatten Sie viel Kontakt zu Peggy Großkreutz?«

»In der letzten Zeit nicht mehr so viel. Wir haben uns in den letzten Jahren nicht gesehen. Aber wir haben viel telefoniert. Mindestens zwei Mal im Monat.«

»Worüber haben Sie geredet?«, wollte Wiggins wissen.

Gerda Kleefisch zuckte mit den Schultern. »Über alles. Sie hat mir von Leipzig und ihrem Leben erzählt und ich ihr die Neuigkeiten aus Kirchhofen. Wir haben viel über politische und gesellschaftliche Dinge geredet.« Ihr Mund fand die Andeutung eines Lächelns. »Frauentratsch eben.«

Kroll erwiderte das Lächeln. »Frau Kleefisch, nach unseren Informationen waren Sie die beste und engste Freundin von Peggy. Hat sie Ihnen irgendetwas erzählt, was mit ihrem Tod oder dem Tod ihres Mannes zu tun haben könnte? Denken Sie bitte sorgfältig nach.«

Gerda nahm sich Zeit. Sie machte eine lange Pause. »Diese Frage habe ich mir auch gestellt. Sie hat ständig von ihren Geldsorgen erzählt, aber sonst fällt mir dazu nichts ein.«

»Hat sie über Martin Luther geredet?«

»Natürlich hat sie das. Er war ja in Leipzig, oder ist es vielleicht noch. Das hat sie natürlich erwähnt.«

»Und?«, hakte Kroll nach.

»Sie war wenig begeistert. Sie wollte ihn gar nicht sehen. Sie hat versucht, ihrem Mann das mit den Karten für diese Veranstaltung auszureden. Aber das ist ihr nicht gelungen. Marko war manchmal ein Sturkopf. Wären sie bloß nicht hingegangen, dann wären sie wohl beide noch am Leben.«

»Wissen Sie, ob sie mit Luther Kontakt aufnehmen wollte?«

»Das wollte sie definitiv vermeiden.«

Kroll dachte darüber nach, dass Peggy Großkreutz Luther mindestens einmal in seinem Hotel aufgesucht hatte. Offensichtlich hatte sie ihrer Freundin nicht alles erzählt. »Frau Kleefisch, wir haben die Briefe durchgesehen, die Peggy geschrieben und bekommen hat. Interessant für uns ist ein Brief aus dem Jahre 1979, den ihre gemeinsame Freundin Anne Lieberknecht geschrieben hat. In diesem Brief werden Sie erwähnt. Dort ist von einem schrecklichen Ereignis die Rede. Was meinte Anne damit?«

»Dieser gottverdammte Abiball.«

Die Polizisten warteten einen Moment. Aber Gerda schaute nur still in ihre Kaffeetasse.

»Frau Kleefisch, wir müssen wissen, was damals geschehen ist.«

Gerda fuhr zögerlich fort. »Peggy war vernarrt in Martin Luther. Seitdem ich sie kenne, war das ihr absoluter Traummann. Sie himmelte ihn sprichwörtlich an. Aber Martin interessierte sich nicht für sie. Er war so etwas wie der Star in unserem Jahrgang. Sah gut aus, war intelligent, hatte Einfluss, immer die neuesten Klamotten und so weiter. Die meisten Mädchen standen auf ihn. Aber wie gesagt, Peggy war für ihn Luft. Darunter hat sie sehr gelitten. Und auf einmal war das anders. Und zwar auf dieser besagten Abifeier. Er interessierte sich für Peggy, und keiner weiß, warum. Er schwänzelte unaufhörlich um sie herum, wollte andauernd mit ihr reden, mit ihr tanzen, sie tranken viel zusammen. Ich weiß bis heute nicht, was das zu bedeuten hatte. Vielleicht war es nur der Alkohol, vielleicht etwas anderes.«

Sie machte eine Pause und bestellte sich ein Wasser. Den Kaffee hatte sie noch nicht angerührt. »Ja, und irgendwann ist Peggy nach Hause und Martin hinterher. Ich bin auf der Feier geblieben. Die Stimmung war gut, ich hatte nicht viel getrunken. Am nächsten Morgen hat mich Peggy angerufen und erzählt, dass Martin sie im Wald vergewaltigt hat. Sie war völlig am Ende. Und den Rest kennen Sie. Die Polizei hat gegen Martin ermittelt. Aber das Verfahren wurde eingestellt. Sie konnten ihm nichts beweisen. Peggys Aussage allein reichte der Polizei nicht.«

»Und was glauben Sie? Hat er Peggy etwas angetan?«

»Warum fragen Sie mich das?« Die Frage schien Gerda ernsthaft zu überraschen.

»Schließlich waren Sie Peggys beste Freundin.«

»Ja, aber ich war nicht dabei.«

Gerda wich der Frage aus, und Kroll fragte sich, warum. Aber es machte keinen Sinn, weiter zu bohren. Gerda würde sich nur mehr verschließen.

»Kennen Sie Pius Ratzenburg?«

»Natürlich, der war auf unserer Schule.«

»Und, was halten Sie von ihm?«

»Schwer zu sagen. Der war schon immer ein religiöser Fanatiker. Wir waren alle erzkatholisch in Kirchhofen, aber der eine Spur strenger. Er hat den Zölibat schon als Jugendlicher gelebt. Hatte nie eine Freundin, wollte Priester werden. Er war hochintelligent. Hatte immer die besten Zeugnisse und das beste Abi. Aber er war ein Einzelgänger. Hatte keine Freunde. Die brauchte er nicht. Er hatte ja den lieben Gott.«

Kroll sah auf die Uhr. »Vielen Dank, dass Sie sich Zeit für uns genommen haben. Bitte halten Sie sich zu unserer Verfügung. Wir haben bestimmt noch ein paar Fragen.«

»Jetzt ist es amtlich, was wir vermutet hatten«, sagte Wiggins, als sie im Büro waren. »Luther hat Peggy vergewaltigt. Ich bin mir sicher, dass das alle Steine ins Rollen gebracht hat.«

»Und Pius Ratzenburg hat davon gewusst. Alle im Dorf wussten das.« Kroll schüttete sich einen Pott Kaffee ein und schaute aus dem Fenster. »Luther ist bei MANUS DEI. Da halte ich jede Wette. Ratzenburg will ihn zur Rechenschaft ziehen, vor allem, weil seine Sekte mit reingezogen wurde. Vielleicht auch aus religiösem Fanatismus. Das Alte Testament ist ein Buch der Rache und der Bestrafung. Auge um Auge, Sodom und Gomorrha, die Sintflut und so weiter.«

»Dann gehen wir zu Reis«, schlug Wiggins vor.

Der Staatsanwalt war froh, dass ihn seine Kommissare auf den neusten Stand der Ermittlungen brachten. Er hatte für seine Verhältnisse lange nichts mehr von ihnen gehört und nahm den Bericht aufmerksam und geduldig entgegen.

»Wir brauchen dringend einen Durchsuchungsbeschluss für die Räumlichkeiten von MANUS DEI in Leipzig«, schloss Kroll seine Erklärungen.

Der Staatsanwalt dämpfte die Hoffnungen der Polizisten mit einem kurzen und prägnanten Satz. »Dafür brauche ich eine richterliche Anordnung.«

Kroll und Wiggins waren verwundert über den Tonfall ihres Chefs. Normalerweise leitete er, genauso wie Kroll und Wiggins, eher unbürokratisch die Ermittlungen.

»Gefahr in Verzug?«, fragte Kroll mit einem bittenden Unterton.

Der Staatsanwalt atmete tief durch. »Mensch Leute. Ihr kennt doch die Strafprozessordnung. Als Allererstes brauchen wir einen begründeten Tatverdacht. Und seien wir ganz ehrlich: Was wir haben, sind reine Vermutungen. Damit können wir nicht die komplette Kavallerie antraben lassen und denen die Bude auf den Kopf stellen. Das wisst ihr genauso gut wie ich.«

Kroll und Wiggins sahen sich ratlos an und standen auf. »Da kann mal wohl nichts machen.«

Der Staatsanwalt wurde versöhnlich. »Jetzt setzt euch wieder hin. Ich würde genauso gerne wie ihr diese zweifelhafte Gemeinschaft hochnehmen. Und ihr wisst, dass ich immer das möglich mache, was ich wenigstens einigermaßen unter eine Vorschrift quetschen kann. Aber in diesem Fall: Wir können keine Zwangsmittel anordnen, die offensichtlich rechtwidrig sind. Ihr wisst genau, wo das hinführt. Euch muss ich nicht erklären, was ein Beweisverwertungsverbot ist. Ihr müsst mehr bringen. So leid es mir tut.«

Kroll und Wiggins wussten, dass Reis recht hatte. Wiggins nickte frustriert, aber verständnisvoll. »Gut, dann machen wir weiter.«

FREITAGMITTAG

Die Kommissare standen vor der massigen Villa der Glaubensgemeinschaft im Leipziger Stadtteil Gohlis. Wegen der zahlreichen Überwachungskameras hielten sie so viel Abstand, dass sie nicht von ihrem Blickwinkel erfasst werden konnten.

Zwischen hohen Pfosten aus Ziegelsteinen waren Zaunfelder aus massivem Gussstahl angebracht. Die oberen Enden der Stäbe hatten lilienartige Ornamente, die in dolchartigen Spitzen endeten.

»Wie kommen wir unbemerkt rein?«, fragte Wiggins.

»Vielleicht durch die Gartenseite.«

Wiggins schüttelte mit dem Kopf. »Ich habe mir das Grundstück auf Google Earth angesehen. Der Zaun geht ganz rum. Und das am helllichten Tag. Die Kameras haben uns in zehn Sekunden erfasst, und dann gibt's richtig Ärger.«

»Gut. Dann nehmen wir den offiziellen Weg.« Kroll drückte auf die Klingel.

»Hallo«, ertönte eine erstaunlich klare Stimme aus der Sprechanlage.

Kroll hielt seinen Ausweis vor die Linse, die in

der Sprechanlage installiert war. »Kriminalpolizei. Hauptkommissare Kroll und Wiggins. Wir würden gerne mit Herrn Ratzenburg sprechen.«

»Einen Moment.«

Es vergingen Minuten, die den Polizisten endlos vorkamen. Dann endlich ertönte ein Summen. Kroll drückte das Tor auf.

Der Raum, den sie in der Gründerzeitvilla als Erstes betraten, war von beachtlicher Größe. An den Wänden hingen große Gemälde mit biblischen Motiven. Die Einrichtung war eher spärlich: ein Empfangstresen und eine Sitzecke mit schwarzen Ledersesseln und einem antiken Holztisch.

Kroll und Wiggins gingen zu dem beeindruckenden Gemälde, das Ausmaße von mehreren Quadratmetern hatte.

»Was verschafft mir die Ehre Ihres Besuches?«, Pius Ratzenburgs Stimme war ungewohnt freundlich. Er trug zivile Kleidung: Anzug, Hemd, Krawatte. Kroll kam er hagerer vor als bei ihrem letzten Treffen, aber das konnte täuschen.

»Das Jüngste Gericht«, sagte Kroll, den Blick weiterhin auf das Bild gerichtet. »Gott, der Weltenrichter, thront über allem und entscheidet über Himmel und Hölle, über das Paradies oder unendliche Qualen.«

Er sah Ratzenburg an. »Ich interessiere mich sehr für diese Darstellungen. Am meisten betrachte ich die Figur des Teufels. Es ist erstaunlich, dass er immer anders gemalt wird: mal mehr Tier, mal mehr Mensch, mal mehr Fratze, mal mehr Fabelwesen. Die Vorstellung des Bösen scheint die Fantasie anzuregen.«

Ratzenburg war überrascht über Krolls Interessen. Bislang hatte er ihn für einen eher schlichten Menschen gehalten, dessen Vorlieben bei Fußball und Mc Donald's enden. Er zeigte auf die Mitte des Bildes. »Sie haben das Fegefeuer vergessen. Auch ein Ort der Qualen, aber vor allem der Reinigung. In der aktuellen Lehre der Katholischen Kirche spielt das Fegefeuer kaum eine Rolle. Aber das war einmal anders, wie dieses Bild eindrucksvoll veranschaulicht.«

»Das Bild ist ein Vermögen wert, oder?«

Ratzenburgs Antwort auf Wiggins Frage war bestimmt. »Für uns sind materielle Werte nicht von Interesse. Das Bild wird einem unbekannten italienischen Meister zugeordnet, aber das weiß keiner genau. Eine Handvoll selbsternannter Experten hat das Bild Michelangelo zugeschrieben, aber das halte ich nicht für sehr wahrscheinlich. Michelangelo war in erster Linie Bildhauer. Wir haben das nie prüfen lassen. Das Bild ist beeindruckend, uns ist es egal, wie viel es wert ist.«

»Wäre es für Sie auch beeindruckend, einmal die

Rolle des Weltenrichters einzunehmen?«, fragte Kroll.

Falls Ratzenburg verstanden hatte, worauf Kroll anspielte, ließ er es sich zumindest nicht anmerken. »Mein ist die Rache, spricht der Herr. Aber bitte, gehen wir doch in mein Büro.«

Ratzenburgs Büro lag im ersten Stock. Es war ein geräumiges Eckzimmer. Großer alter Schreibtisch und ein kleiner Besprechungstisch mit antiken Holzstühlen. Die Einrichtung war sehr geschmackvoll. Die Wände waren mit Bücherregalen zugestellt. Auf dem Schreibtisch lagen vereinzelt Dokumente, die fein säuberlich sortiert waren. Ratzenburg liebte die Ordnung.

Sie setzten sich an den Besprechungstisch. »Darf ich den Grund Ihres Besuches erfahren?«, begann Ratzenburg das Gespräch.

»Martin Luther wurde entführt«, kam Kroll auf den Punkt.

Das hagere Gesicht des Priors, auf dem die faltenlose Haut wie aufgespannt zu sein schien, zeigte keine Regung. »Das ist bedauerlich. Aber warum kommen Sie damit zu mir?«

»Sie kannten Martin Luther seit der Schulzeit. Sie sind beide in Kirchhofen aufgewachsen. Sie kennen die Vorfälle, die ihm nach der Abifeier vorgeworfen wurden. Die staatlichen Behörden haben möglicherweise versagt. Vielleicht ereignet sich irgendwo gerade ein Jüngstes Gericht.«

Jeder andere hätte sich über Krolls Vorwürfe empört. Aber nicht Ratzenburg. Er war die Ruhe selbst. »Ich bewundere Ihre Fantasie, Herr Hauptkommissar. Aber ich muss Sie leider enttäuschen.«

»Wenn das so ist, haben Sie bestimmt nichts dagegen, wenn wir uns umsehen. Besonders die Kellergewölbe würden uns interessieren.«

Ratzenburg verzog keine Miene. »Ich bedauere, meine Herren. Wir sind hier ein Ort des Glaubens. In unseren Räumlichkeiten befinden sich viele vertrauliche Dokumente. Wir müssen leider sehr auf unsere Diskretion bedacht sein. Aber das wissen Sie.«

Die Polizisten standen auf. »Bemühen Sie sich bitte nicht, wir finden alleine heraus.«

Kroll und Wiggins gingen die Treppe herunter, vor der Haustür verabschiedeten sie sich von Birk Ehrenthaler, der wohl als ihr Aufpasser abgeordnet war, und gingen in den Garten. »Warte mal, Wiggins. Wir sehen uns mal im Garten um.«

Sie bogen rechts ab, ließen die Straßenfront des Gebäudes hinter sich und sahen sich in der Umgebung um. Der Garten war mittelmäßig gepflegt, der Rasen war gemäht, auf den Zustand der Beete schien die Glaubensgemeinschaft weniger Wert zu legen. Der alte Baumbestand war beeindruckend, in den Beeten befanden sich Sträucher, die einen guten Sichtschutz boten. Wiggins kramte sein Handy heraus und machte Fotos.

Pius Ratzenburg stand am Fenster und beobachtete regungslos die Polizisten.

Kurze Zeit später kam Birk Ehrenthaler schnellen Schrittes auf sie zu. »Unser Prior ist der Meinung, dass er sich klar genug ausgedrückt hat, was Ihren ungenehmigten Aufenthalt auf unserem Grundstück angeht.«

»Wir haben uns nur diese wunderschönen Bäume angeschaut«, entgegnete Kroll mit Unschuldsmiene. »Ich dachte, Sie hätten keine Einwände. Vor allem dieser alte Baum hier. Ist das ein Mammutbaum?«

Birk Ehrenthaler beantwortete ihre Frage nicht. »Darf ich bitten, meine Herren?«

FREITAGNACHMITTAG

Martin Luther entfernte vorsichtig das Handtuch, das er als Behelfsverband um seine Hüften gelegt hatte. Er betrachtete im Licht der Glühbirne seinen Körper. Die Wunden bluteten nicht mehr, aber an einigen Einstichen bildete sich eine eitrige Flüssigkeit. Der Bußgürtel, den sie ihm umgelegt hatten, war sicherlich nicht steril. Bloß keine Blutvergiftung, war sein erster Gedanke. Wenn ich hier krank werde, komm ich aus dem Gefängnis nicht mehr lebend heraus.

Er hörte wieder diese unheimlichen Schritte. Die Tür öffnete sich, und sein Tribunal baute sich vor dem Tisch auf.

Der Vorsitzende ergriff das Wort. »Die Verhandlung gegen Herrn Martin Luther wird fortgesetzt.« Die Richter nahmen Platz.

»Wir haben erneut die Ermittlungsakten der weltlichen Behörden durchgesehen. Zunächst ist einzugestehen, dass die Beweise gegen Sie tatsächlich nicht erdrückend sind. Die Ungereimtheiten, die Sie in der letzten Verhandlung geäußert haben, sind nicht ohne Weiteres von der Hand zu weisen.«

In Luther keimte Hoffnung auf, zum ersten Mal, seit er in Gefangenschaft war.

Der Vorsitzende fuhr in ruhigem Ton fort. »Das Opfer, Frau Peggy Kachl, ist tot. Sie steht uns als Zeugin nicht zur Verfügung. Helfen könnte uns jedoch ein Geständnis Ihrerseits. Das würde sich positiv auf die Strafzumessung auswirken.«

Luther stand auf und versuchte vergeblich, das Gesicht seines Gegenüber zu erkennen. Aber die große Kapuze ließ ihm keine Chance. »Ich werde nie im Leben etwas zugeben, was ich nicht gemacht habe«, sagte er mit fester Stimme. »Eher würde ich sterben.«

»Erklären Sie uns lieber, warum Peggy Kachl sterben musste.«

Luther gab sich Mühe, sich zu beherrschen. Dennoch wurde seine Stimme lauter. »Woher soll ich das wissen?«

»So kommen wir nicht weiter«, resümierte der Vorsitzende.

Luther sah ihn fragend an.

»Gegenüber den weltlichen Behörden haben Sie die Aussage verweigert. Warum haben Sie das getan, wenn Sie nichts zu verbergen hatten?«

»Es war ein Rat meines Verteidigers.«

»So, so«, murmelte der Vorsitzende. »Und warum hat Ihr Verteidiger Ihnen das angeraten, wenn Sie ein reines Gewissen hatten?«

»Keine Ahnung. Ich bin kein Jurist.« Luther hielt einen Moment inne. »Die Vorwürfe waren sehr schwerwiegend. Schließlich hat man mir nicht vorgeworfen, im Supermarkt eine Flasche Bier geklaut zu haben. Die Zeit war für mich alles andere als angenehm. Was glauben Sie, warum ich nach Amerika gezogen bin? Sie wissen doch, wie das ist. Irgendetwas bleibt immer hängen. Diese Veranstaltung hier ist das beste Beispiel. Nur, weil Peggy damals gelogen hat.«

»Warum sollte sie das tun?«

Luther war frustriert. »Das frage ich mich die ganzen Jahre, ohne dass ich eine Antwort gefunden habe.«

»Sie denken die ganzen Jahre an diesen Vorfall? Warum? Sie hätten die Sache abhaken können.«

Luther versuchte zu beschwichtigen. »Es ist ja nicht so, dass ich jeden Tag an diese alte Geschichte denke.«

»Das haben Sie aber gerade gesagt.«

»Dann habe ich mich falsch ausgedrückt.«

»Vor Gericht sollte man seine Worte gut überlegen.«

»Man sollte einem Angeklagten aber nicht die Worte im Mund herumdrehen.«

»Das haben wir nicht gemacht.«

Luther atmete tief durch. »Alle, die mich kennen, wissen, dass ich Gewalt verabscheue. Vor allem gegen Frauen. Ich wäre der Letzte, der so etwas Schreckliches tun könnte. Ich bin von klein auf mit den christlichen Werten groß geworden. Ich weiß genau, was Nächstenliebe und das Gebot ›liebe deinen Nächsten‹ bedeutet.«

»In jedem Menschen steckt die Versuchung, wir Theologen nennen es den Satan. Man muss lernen, ihn zu kontrollieren, aber das gelingt nicht jedem, und das macht mir Angst«, bemerkte der Vorsitzende in dem ihm eigenen Tonfall.

Martin Luther wusste genau, wer seine Entführer waren. Hatte er anfangs nur einen Verdacht gehabt, hatte er jetzt Gewissheit. Er kannte nur einen Menschen, der diese Redewendung häufig benutzte. Er beschloss, seine Erkenntnis für sich zu behalten. Alles andere konnte ihm nur schaden.

Seine Richter zogen sich zur Beratung zurück. Luther hatte nicht den Eindruck, dass die Verhandlung positiv für ihn gelaufen war.

SONNABENDMORGEN

Die Beerdigung von Peggy Großkreutz fand auf dem kleinen Friedhof in der Meusdorfer Straße im Leipziger Stadtteil Connewitz statt. Kroll und Wiggins hielten sich bewusst im Hintergrund und beobachteten die Zeremonie aus der Ferne. Die Trauergemeinde war klein. Es waren wohl einige Freunde und die Tochter der Verstorbenen anwesend. Die Trauerrede, die ein schlecht gekleideter Grabredner in abgewetztem Anzug hielt, konnten die Polizisten nicht verstehen, was wahrscheinlich besser so war.

Sie warteten am Ausgang des Friedhofes. Gerda Kleefisch kam mit verweinten Augen auf sie zu. »Ich muss mit Ihnen reden.«

»Gerne, wollen wir uns in ein Café setzen?«

»Nein. Das ist nicht nötig. Es dauert nicht lange.«

Kroll sah sie fragend an.

Gerda Kleefisch rang nach Fassung und nach Worten. Sie stammelte in leisem Ton. »Martin Luther hat Peggy nicht vergewaltigt.«

»Bitte?« Wiggins glaubte zwar nicht, sich verhört zu haben, er konnte nur nicht glauben, was er gerade vernommen hatte.

»Es ist, wie ich es gerade gesagt habe. Martin hat Peggy nichts angetan.«

»Und Sie sind sich ganz sicher?«

»Peggy hat sich mir anvertraut. Schon vor vielen Jahren, da hat sie schon lange in Leipzig gewohnt.«

»Aber warum hat sie die Geschichte im Dorf verbreitet?«, wollte Kroll wissen.

»Peggy war als junges Mädchen fürchterlich in Martin verliebt. Das war fast krankhaft. Sie war sehr attraktiv, aber andere Männer interessierten sie nicht. Es schien nur den einen zu geben. Sie wollte Martin Luther haben, oder keinen.« Gerda lachte bitter auf. »Echt bescheuert, aber sie war so.«

»Aber das ist noch lange kein Grund, so eine Geschichte zu verbreiten«, stellte Kroll eher fragend fest.

»Martin hat ihre Liebe und ihre Annäherungsversuche nicht erwidert. Im Gegenteil, er ließ sie abblitzen und schien Spaß dabei zu haben. Und irgendwann schlug Peggys Liebe in Hass um. Sie wollte Martin schaden. Genauso, wie er ihr all die Jahre geschadet hatte. So hat sie es zumindest selbst empfunden. Und als Martin ihr nach der Abifeier alkoholisiert gefolgt ist, hat sie ihre große Chance gesehen. Sie war mit Martin alleine im Wald. Niemand war in der Lage, ihre Geschichte zu widerlegen, dachte sie zumindest.«

Kroll und Wiggins brauchten einem Moment, um die Informationen zu verarbeiten. »Aber das gibt es doch nicht. Das ist unvorstellbar.«

Gerda Kleefisch sprach mit leiser Stimme. Sie sah auf den Boden. »Lesen Sie keine Zeitung? Man hört andauernd, dass Frauen derartige Geschichten erfinden, nur um Menschen, die sie einmal geliebt haben, zu schaden. Zuletzt ging dieser Wettermoderator durch die Presse. Der wurde freigesprochen.«

Wiggins war fassungslos. »Und warum erzählen Sie uns das erst jetzt? Das hätten Sie uns sofort sagen müssen.«

»Das weiß ich. Aber ich konnte nicht. Über Tote soll man nicht schlecht reden. Peggy war meine beste Freundin. Ich wollte wenigstens warten, bis sie unter der Erde liegt.«

»Halten Sie sich bitte zu unserer Verfügung«, sagte Kroll zum Abschied.

Die Polizisten beschlossen, die neusten Informationen bei einer Tasse Kaffee im Büro auszuwerten.

»Was hilft uns das Geständnis von Gerda Kleefisch?«, fragte Kroll.

»Keine Ahnung. Aber vielleicht hilft es Luther«, antwortete Wiggins. Er hatte die Fotos aus dem Garten der MANUS DEI-Villa auf seinen Computer geladen. »Ich werde das dumme Gefühl nicht los, dass wir etwas übersehen haben.«

Er klickte ein Foto nach dem anderen durch. Immer und immer wieder. »Schau dir das mal an. Ich glaube, ich habe etwas gefunden.«

Kroll stellte sich neben seinen Kollegen und starrte auf den Bildschirm.

»Schau dir den Garten an«, erläuterte Wiggins. »Weder der Rasen, noch das Beet macht einen gepflegten Eindruck. Alles alte Bäume und Sträucher, keine frische Blume oder so etwas in der Art. Nur hier: Dieses Beet wurde erst vor Kurzem angelegt. Frische, schwarze Blumenerde, kein Unkraut und frische Blumen. Die Erde um die Blumen ist sogar feucht, das kannst du eindeutig an den dunklen Stellen erkennen. Es ist eigenartig, dass es ausgerechnet ein frisch angelegtes Beet in dieser Wildnis gibt.«

»Das Beet liegt direkt vor dem Haus«, ergänzte Kroll. »Das ist ungewöhnlich, ausgerechnet dort, wo es nur Schatten gibt.«

Wiggins klickte mehrere Fotos an. »Die Fotos zeigen die Lichtschächte an dieser Häuserfront. Du kannst die Metallgitter deutlich erkennen. Schau, hier ist einer links des Beetes und einer auf der rechten Seite. Eigentlich müsste einer in der Mitte sein, sonst wäre der Keller zu dunkel, aber da ist unser frisch angelegtes Beet.«

Kroll wusste sofort, worauf sein Kollege hinauswollte. »Die haben einen Kellerraum versteckt. Die wollen nicht, dass jemand von außen hereinschauen kann.«

»Und niemand von innen nach außen.«

Kroll hielt den Atem an. Sein Herzschlag wurde schneller. »Luthers Versteck. Jetzt kriegen wir den Durchsuchungsbeschluss. Lass uns schnell zu Reis gehen.«

»Wegen eines Blumenbeetes?«

»Ja klar, das ist mehr als eindeutig, oder?«

Wiggins teilte die Begeisterung seines Kollegen nicht. »Reis ist das ganze Wochenende an der Ostsee«, bemerkte er trocken.

»Wer hat Vertretung?«

»Bammler.«

»Ach du Scheiße. Der hat noch nie etwas ohne richterlichen Beschluss gemacht.«

»Welcher Richter hat Notdienst?«

Wiggins schaute auf den Dienstplan und verzog das Gesicht. »Korfmann, der Korinthenkacker.«

Kroll war frustriert. »Der gibt uns nie im Leben einen Durchsuchungsbeschluss wegen des Blumenbeetes. Kann nicht irgendetwas mal funktionieren in diesem Scheißfall?«

Kroll ging aufgeregt im Büro auf und ab. »Luther sitzt da im Keller. Wer weiß, was die gerade mit ihm anstellen. Wir müssen etwas tun, Wiggins. Wir haben keine Zeit zu verlieren.«

»Wir haben Gerda Kleefisch. Mehr fällt mir momentan nicht ein.«

Sie klingelten heftig an dem Gartentor. Es dauerte nicht lange, bis sich eine Stimme aus der Sprechanlage meldete. »Was wünschen Sie?«

»Hauptkommissar Kroll. Wir möchten Herrn Ratzenburg sprechen, und zwar sofort.«

Wenig später summte der Türöffner, und die Polizisten gingen mit Gerda Kleefisch hinein. Den verdutzten Bruder, der an der Haustür auf sie wartete, ließen sie kommentarlos stehen. Sie gingen schnellen Schrittes die Treppe hinauf zum Büro des Priors. Der Bruder lief schimpfend hinter ihnen her, sie beachteten ihn nicht.

Nach einem kurzen Klopfen öffnete Kroll die Bürotür, ohne eine Reaktion abzuwarten. Ratzenburg saß hinter seinem Schreibtisch und sah sie fragend an.

Kroll kam gleich zur Sache. Er fasste Gerda Kleefisch an den Arm und führte sie direkt vor den mächtigen Schreibtisch.

»Guten Tag, Gerda«, begrüßte sie der Prior emotionslos. Sein stechender Blick war direkt auf ihre Augen gerichtet.

Gerda war deutlich erkennbar verunsichert.

»Martin Luther hat Peggy nicht vergewaltigt«, stammelte sie leise.

Es entstand eine kurze Pause. Ratzenburg wartete, ob noch jemand etwas sagen wollte. Dann ergriff er das Wort. »Ja, tatsächlich? Und woher willst du das so genau wissen?«

Gerda suchte nervös Krolls Blick. Der nickte ihr zu. »Weil sie es mir gesagt hat.«

Der Prior saß regungslos an seinem Schreibtisch. Sein Blick schien Gerda zu fesseln. »Ach so. Auf einmal? Das ist ja interessant. Abgesehen von der durchaus berechtigten Frage, warum ihr das alles mir erzählt, würde mich interessieren, warum du gerade jetzt zu dieser Erkenntnis gelangst.«

Jetzt mischte sich Kroll ein und erzählte, was er zwei Stunden zuvor von Gerda Kleefisch erfahren hatte.

Pause.

»Schön«, entfuhr es Ratzenburg. »Bleibt die Frage, warum Sie das gerade mir erzählen.«

»Wir dachten, das würde Sie interessieren«, antwortete Kroll. »Einen schönen Tag noch. Machen Sie sich bitte keine Umstände. Wir finden alleine heraus. Und keine Sorge: Wir geben uns Mühe, das frisch angelegte Beet nicht zu beschädigen.«

SONNABENDMITTAG

Martin Luther hörte die Schritte, die auf sein Gefängnis zukamen und immer lauter wurden. Sein Gericht trat ein und stellte sich vor ihm auf. Der Vorsitzende unterbrach die erdrückende Stille. »Wir haben weitere Erkenntnisse eingeholt. Es liegt eine Zeugenaussage vor, die Sie entlastet.«

Luther ergriff dieser leichte Anflug eines Glücksgefühls. Aber er wusste, dass er niemandem vertrauen durfte. Er war bemüht, sich nichts anmerken zu lassen. »Und, was bedeutet das jetzt?«

»Das Verfahren gegen Sie wird eingestellt.«

»Also Freispruch?«

»Das Verfahren gegen Sie wird eingestellt«, wiederholte der Vorsitzende. »Sie werden aus der Haft entlassen.«

Luther konnte die gute Nachricht nicht so recht einordnen. Wollten ihn diese Männer tatsächlich und ohne Weiteres freilassen? Das konnte er sich kaum vorstellen. Ratzenburg musste wissen, dass er ihn erkannt hatte. Seine Freilassung würde MANUS DEI sicherlich vor große Probleme stellen. Er beschloss, nichts zu sagen und abzuwarten.

Die Tür öffnete sich, und der Gerichtsdiener, der ihm den Bußgürtel umgelegt hatte, stülpte ihm eine Kapuze über den Kopf.

Kroll, Wiggins und Gerda Kleefisch hatten ihren Dienstwagen zirka 150 Meter vor der Villa geparkt. Sie konnten den Eingang gut einsehen, ohne selbst gesehen zu werden. Die Wartezeit kam ihnen unendlich lang vor. Dann endlich öffnete sich langsam das eiserne Gartentor. Ein weißer Lieferwagen verließ das Grundstück.

Kroll ließ den Motor des Dienstwagens an und nahm die Verfolgung auf. Wiggins nahm die Kamera in die Hand und drückte unaufhörlich auf den Auslöser.

Der Lieferwagen fuhr in Richtung Neue Messe. Er ließ das Messegelände rechts liegen und bog an der nächsten größeren Kreuzung rechts ab, Richtung Bad Düben. Sie fuhren die Bundesstraße entlang, in das Erholungsgebiet Dübener Heide, durchquerten die kleineren Ortschaften wie Krostitz und ließen Bad Düben hinter sich.

»Da hinten liegt das Moor«, sagte Wiggins besorgt. »Die wollen doch wohl nicht …«

Wiggins Befürchtungen wurden zerstreut, als der Lieferwagen auf den Parkplatz Lutherstein abbog und anhielt. Der Lutherstein war ein großer Felsen. Dr. Martin Luther hatte hier auf seinem Weg von Wittenberg nach Leipzig des Öfteren Rast gemacht.

»Ein passender Ort«, bemerkte Kroll trocken.

»Was machen wir jetzt?«, fragte Wiggins irritiert. »Hier sind überall Leitplanken. Und wenn wir auf den Parkplatz fahren, erkennen die uns sofort. Oder sollen wir zugreifen?«

Kroll schien die Ruhe selbst zu sein. »Fahr weiter. Bis zum nächsten Waldweg.«

Nach 500 Metern entdeckten sie den lang ersehnten Waldweg. Kroll stellte den Wagen ab. »Wir müssen vorsichtig sein. Ich möchte nicht, dass wir die überraschen. Wir bleiben im Hintergrund.«

Im Schutz der Bäume und Sträucher gingen sie zum Lutherstein.

Als sie ihr Ziel erreicht hatten, war der Lieferwagen verschwunden. Martin Luther saß auf dem Lutherstein und versuchte, sich die Kapuze vom Kopf zu ziehen. Es gelang ihm nicht, weil sie am Hals zugeschnürt war. Sie gingen auf den Prediger zu.

»Sie sind in Sicherheit«, sagte Kroll in einem behutsamen Ton, bemüht, den Prediger nicht zu erschrecken. »Ich helfe Ihnen, die Kapuze abzuziehen.«

Kroll öffnete die Knoten und befreite Luther

aus der Dunkelheit. Er schloss die Augen, als er das Tageslicht wahrnahm.

»Danke«, sagte er kurz und knapp, während er die Polizisten und Gerda Kleefisch mit kaum geöffneten Augen anblinzelte.

Kroll wartete einen Moment und setzte sich neben den Prediger auf den Stein. Luther schien langsam geordnete Gedanken fassen zu können. »Wie haben Sie mich so schnell gefunden?«

»Wir sind dem Lieferwagen gefolgt, der Sie hierhin gebracht hat«, antwortete Kroll.

»Dann wussten Sie also, wo ich war? Warum haben Sie mich nicht befreit?«

»Wir konnten uns erst seit heute Morgen einigermaßen sicher sein, wo man Sie gefangen hielt. Eine gewaltsame Aktion hat immer Risiken. Bedanken Sie sich bei Frau Kleefisch. Sie hatte großen Anteil an Ihrer Befreiung.«

Martin Luther verstand nicht, was der Kommissar meinte. »Gerda? Was hat Gerda mit der Sache zu tun?«

»Sie hat Ratzenburg erklärt, dass Sie Peggy Großkreutz damals nichts angetan haben. Das hat wohl den Ausschlag für Ihre Freilassung gegeben.«

Luther sah Gerda Kleefisch mit einem liebevollen Bick an. »Vielen Dank, Gerda. Das war großartig von dir.« Dann wandte er sich an Kroll.

»Aber ich verstehe immer noch nicht. Warum jetzt?«

Kroll wechselte das Thema. »Das erklären wir Ihnen später. Wir haben jetzt dringendere Dinge zu erledigen. Ich nehme an, Sie haben Ratzenburg während Ihrer Gefangenschaft erkannt. Wen noch?«

Luther musste nicht lange überlegen. »Meist kamen drei Personen. Sie nannten sich Gericht. Alle trugen Mönchskutten mit Kapuzen, ihr Gesicht war immer im Dunkeln. Ratzenburg habe ich an der Stimme erkannt. Die anderen nicht. Und selbst wenn, außer Ratzenburg kenne ich keinen von dieser Verbrecherbande.«

Luthers Stimme wurde fester. Langsam schien Wut in ihm aufzusteigen. »Warum haben Sie diese Truppe nicht festgenommen? Es ist ein Unding, dass die noch frei herumlaufen.«

»Keine Sorge«, beruhigte ihn Wiggins. »Ich kann Ihnen versichern, dass Ratzenburg und seine Mitstreiter ihrer gerechten Strafe zugeführt werden. Aber die laufen uns nicht weg. Wir haben Sie schließlich erst vor wenigen Minuten befreit. Auch müssen wir versuchen, die Täter zu individualisieren. Dazu sind wir auf Ihre Unterstützung angewiesen.«

Luther nickte. »Verstehe.«

Kroll war bewusst, dass Martin Luther noch

unter dem Eindruck des Verbrechens stehen musste. Er versuchte, dessen Gefühlslage auszunutzen, bevor der Prediger alles verarbeitet hatte und vor allem, bevor er mit Anja Rocchiani sprechen konnte. »Herr Luther, es wurden zwei Morde verübt, und Sie wurden entführt. Auch Frau Kleefisch ist ein nicht unerhebliches Risiko eingegangen. Was muss noch alles passieren, bevor Sie endlich mit uns kooperieren?«

Luther sah Kroll ungläubig an. »Wie kann ich Ihnen helfen?«

»Als Erstes können Sie uns erzählen, wer Maschek, den Anwalt von Ricco Dünkel, bezahlt hat. Stammte das Geld aus Ihren Kassen?«

»Ich weiß es wirklich nicht. Ich kümmere mich nicht um meine finanziellen Angelegenheiten, zumindest nicht, was das Tagesgeschäft angeht. Dafür habe ich Mitarbeiter.«

»Zum Beispiel Frau Rocchiani?«

»Ja, sie ist im Wesentlichen für die finanziellen Belange zuständig.«

»Dann schlage ich vor, dass Sie mit ihr reden.«

»Mach ich.«

Ein Mannschaftswagen der Polizei traf ein. Wiggins redete mit dem Einsatzleiter. »Sichert bitte die Spuren und bringt Herrn Luther ins Hotel.«

Die Kollegen machten sich an die Arbeit.

»Und was machen wir?«, fragte Wiggins seinen Kollegen.

Der sah ihn verblüfft an. »Es ist Sonnabend, Wochenende, was sonst?«

MONTAGMORGEN

Um neun Uhr in der Früh machte sich das Handy von Anja Rocchiani mit der abgespeicherten Schlagermelodie bemerkbar. Sie drückte auf die Taste mit dem grünen Hörer. Eine Frauenstimme meldete sich.

»Spreche ich mit Frau Anja Rocchiani?«

»Ja, wer sind Sie?«

»Mein Name ist Gerda Kleefisch, ich bin die Freundin von …«

»Ich weiß, wer Sie sind. Ich habe erfahren, wie Sie Martin geholfen haben. Auch von mir vielen Dank dafür.«

»Ich brauche Geld.«

Die rechte Hand von Martin Luther ahnte nichts Gutes. »Warum kommen Sie damit zu mir? Was habe ich damit zu tun?«

»Peggy hat mir alles erzählt. Ich weiß, dass Marko Sie erpresst hat. Mit der Vergewaltigung. Und Peggy auch. Deshalb mussten sie sterben.«

Anja klang selbstbewusst. »Ach so? Das ist mir ganz neu. Und ausgerechnet Ihnen hat sie so einen Quatsch erzählt?«

»Sie hat mir gesagt, dass Martin sie nicht vergewaltigt hat. Sie wollte ihr Gewissen erleichtern. Sie hat reinen Tisch gemacht. Aber wenn Sie das nicht interessiert, gehe ich eben zur Polizei. Das wird für Sie bestimmt nicht angenehm. Die warten nur auf einen Anlass, genauer hinter Ihre Fassade schauen zu können. Und so eine Aussage gibt der Polizei ganz andere Möglichkeiten, wenn die einen konkreten Verdacht haben.«

Anja antwortete nicht gleich. Sie schien nachzudenken. »Nur mal so interessehalber. An wie viel Geld haben Sie gedacht?«

»Ich brauche nicht viel. 100.000 Euro würden reichen. Das ist für Sie nicht viel Geld. Aber mir würde es sehr weiterhelfen. Ich nehme das Geld und verschwinde nach Kirchhofen. Sie werden nie mehr von mir hören.«

»Ich denke darüber nach«, versuchte Anja Rocchiani Zeit zu gewinnen.

»Das brauchen Sie nicht. Ich werde heute um 15 Uhr auf der Parkbank vor dem Zooschaufenster im Rosenthal sitzen. Wenn keiner mit dem Geld kommt, gehe ich zur Polizei. Überlegen Sie sich gut, was Sie tun.«

Gerda Kleefisch legte auf.

MONTAGMITTAG / NACHMITTAG

Kroll und Wiggins wussten, dass sie keinen Fehler machen durften. Die kleinste Unaufmerksamkeit könnte fatale Folgen haben. Fünf Beamte waren im Hotel WESTIN im Einsatz, die getarnt als Reinigungskraft oder Hotelmitarbeiter nur eine Aufgabe hatten. Sie sollten Anja Rocchiani beobachten und die Kommissare sofort informieren, falls Anja das Hotel verlässt. Vor dem WESTIN warteten zwei Zivilfahrzeuge, die die Verfolgung aufnehmen konnten.

Kroll und Wiggins warteten im Rosenthal. Sechs weitere Kollegen und Kolleginnen waren in Zivil im Einsatz. Zwei von ihnen spielten mit Schäferhunden auf der Hundewiese, die unmittelbar vor der Parkbank lag, auf der Gerda Kleefisch saß. Kroll und Wiggins versteckten sich in der Vegetation. Von dort konnten sie die Parkbank sehen, ohne selbst erkannt zu werden.

Kroll sah auf seine Uhr. 14.55 Uhr. Er nahm sein Handy in die Hand. »Gibt es bei euch etwas Neues? Was macht Frau Rocchiani?«

»Sie ist auf ihrem Zimmer, zusammen mit Luther.«

»Seid ihr euch ganz sicher?«

»Hundertprozentig. Wir haben ihr vor einer Viertelstunde eine Flasche stilles Wasser aufs Zimmer gebracht, und seitdem wurde die Tür nicht geöffnet. Durchs Fenster kann sie nicht raus. Das ist zu hoch. Außerdem haben wir zur Sicherheit einen Mann im Außenbereich postiert.«

»O.k. Meldet euch sofort, wenn sich etwas tut.«

»Machen wir.«

»Die bewegt sich nicht vom Fleck«, informierte Kroll Wiggins im Flüsterton.

Wiggins sah sich nervös im Park um. Nichts schien auffällig zu sein. Spaziergänger, spielende Kinder und Menschen, die zusammenstanden und sich unterhielten. »Lass uns noch warten.«

Die Kommissare beobachteten aus ihrem Versteck heraus mit Argusaugen die Umgebung. Nichts Auffälliges schien sich zu ereignen. Wiggins schaute auf seine Uhr. »15.30 Uhr. Ich glaube, heute tut sich nichts mehr. Lass uns abbrechen.«

»Warte«, flüsterte Kroll in angespanntem Ton.

Eine ältere Dame, die langsam einen Rollator vor sich herschob, näherte sich in kleinen Schritten der Parkbank. Sie hatte ihre langen grauen Haare mit einem Kopftuch bedeckt. Ein weit geschnittener grauer Mantel bedeckte ihren Körper bis zu den Knien. Die Frau trug eine große Sonnenbrille und Handschuhe.

»Siehst du die Alte da vorne?«, fragte Kroll. »Irgendetwas stimmt mit der nicht. Sie schiebt einen Rollator, geht aber aufrecht. Außerdem ist es nicht so hell, dass man eine Sonnenbrille tragen muss. Und warum hat sie bei diesem Wetter Handschuhe an?«

Die alte Dame kam der Parkbank näher. Langsam und in kleinen Schritten. Sie sah sich auffällig häufig um und steckte ihre rechte Hand in ihre Manteltasche.

Kroll und Wiggins zogen ihre Pistolen und entsicherten sie.

»Sie trägt Herrenschuhe«, zischte Wiggins.

Das war das Kommando, das Versteck zu verlassen. Kroll und Wiggins stellten sich der alten Dame in den Weg. Der Abstand betrug keine zehn Meter. Ihre Waffen waren auf die Frau gerichtet.

»Polizei! Hände hoch sofort!«

Die Alte blieb stehen und sah die Polizisten regungslos an. Ihre rechte Hand wanderte langsam in Richtung Manteltasche.

Kroll und Wiggins gingen einen Schritt auf sie zu. Die Waffen hielten sie in gestreckten Armen.

»Hände hoch!«, schrie Kroll erneut. »Aber plötzlich! Sonst müssen wir schießen.« Um seiner Aufforderung Nachdruck zu verleihen, schoss er in die Luft.

Die Alte warf ihren Rollator in Richtung der Kommissare und rannte davon. Kroll und Wiggins nahmen die Verfolgung auf. Die Hunde waren schneller. Der erste verbiss sich in ihre Wade. Sie stürzte. Der zweite schnappte ihre Schulter.

Wiggins richtete seine Waffe auf ihren Kopf. »Hände auf den Rücken.«

Die Alte gehorchte, die Handschellen klickten. Alle Einsatzkräfte, die sich im Park befanden, hatten sich um die am Boden liegende Frau versammelt. Die Hundetrainer befahlen ihren Schützlingen loszulassen. Kroll riss der Person, die auf dem Bauch lag, Perücke und Kopftuch herunter. Er staunte nicht schlecht, als er erkannte, wen sie vor sich hatten.

»Wenn haben wir denn da? Das ist aber eine Überraschung.«

Paolo Rocchiani sah Kroll angewidert an. »Leck mich, scheiß Bulle.«

»Abführen!«, ordnete Kroll an. Dann griff er zu seinem Handy und setzte sich mit den Beamten im WESTIN in Verbindung. »Luther und Frau Rocchiani dürfen das Hotelzimmer nicht verlassen. Sie stehen unter Hausarrest.«

MONTAGABEND

Kroll und Wiggins saßen an der einen Seite des rechteckigen Tisches in dem spärlich eingerichteten Verhörzimmer des Präsidiums. Paolo Rocchiani saß ihnen gegenüber. Im Raum befand sich ein uniformierter Polizist, der sich vor der Tür postiert hatte.

Kroll schaltete das Mikrofon ein und gab Datum und Uhrzeit zu Protokoll. »Vernehmung des Herrn Paolo Rocchiani. Die Vernehmung wird von den Hauptkommissaren Kroll und Wiggins durchgeführt.

»Zur Person: Ihr Name?«

»Haben Sie doch gerade gesagt.«

»Alter?«

»Ich denke, ich darf die Aussage verweigern?«

»Das kommt später. Ihr Alter?«

»45«, raunzte Rocchiani.

»Ihre derzeit gültige Wohnanschrift?«

Rocchiani nannte widerwillig seine Adresse.

»Zur Sache: Herr Rocchiani, Sie sind dringend verdächtig, Herrn Marko Großkreutz und Frau Peggy Großkreutz getötet zu haben. Auch stehen Sie unter dringendem Tatverdacht, einen Mordanschlag auf Frau Gerda Kleefisch geplant zu haben. Wir vernehmen Sie deshalb als Beschuldigten. Sie haben das Recht, die Aussage zu verweigern und einen Rechtsanwalt Ihrer Wahl hinzuzuziehen. Wenn Sie keinen Rechtsanwalt kennen oder bezahlen können, werden wir Ihnen einen Pflichtverteidiger zur Seite stellen. Haben Sie diese Belehrung verstanden?«

Rocchiani nickte.

Kroll zeigte auf das Mikrofon. »Bitte antworten Sie mit Worten. Haben Sie die Belehrung verstanden?«

»Ja.«

»Wollen Sie einen Anwalt?«

»Brauch ich nicht.«

»Wollen Sie aussagen?«

»Von mir aus.«

»Beginnen wir mit den Ereignissen des heutigen Tages. Warum waren Sie im Rosenthal?«

Rocchiani lächelte verschmitzt. »Das Wetter war schön. Ich wollte frische Luft schnappen.«

»Als Oma verkleidet und mit einer 9 mm Smith & Wesson samt Schalldämpfer in der Manteltasche?«

Rocchiani zuckte mit den Schultern. »Es ist schließlich nicht verboten, Frauenkleider zu tragen. Ich steh auf so was. Und die Waffe. Nur zur Selbstverteidigung. Wir leben in einer gefährlichen Zeit. Das wissen Sie besser als ich.«

Wiggins übernahm das Verhör. »Nach dem ersten Test gehen wir davon aus, dass die Waffe, die Sie in der Manteltasche hatten, die Waffe ist, mit der Peggy Großkreutz getötet wurde. Es bestehen kaum Zweifel.«

Diese Nachricht schien Paolo Rocchiani in eine Art Schockstarre zu versetzen. Er sah die Polizisten regungslos an.

»Woher haben Sie die Waffe?«, fragte Wiggins weiter.

Rocchiani schien nach seiner Fassung zu suchen.

Kroll schaltete das Mikro demonstrativ aus. »Herr Rocchiani, wir haben das Gefühl, dass ein ganz mieses Spiel mit Ihnen gespielt wird. Und wir wissen, wer dieses Spiel betreibt. Sie haben die Wahl. Entweder Sie kooperieren mit uns oder wandern in den Knast, vielleicht für Verbrechen, die Sie gar nicht begangen haben. Warum wollen Sie Ihren Kopf für andere hinhalten? Was ist so viel wert?«

Kroll schaltete das Mikro an.

Rocchianis Stimme war dünn. Er starrte auf den Boden. »Ich habe Peggy nicht erschossen, das schwöre ich.«

»Woher haben Sie die Waffe?«, wiederholte Kroll die Frage in einem eindringlichen Ton.

Rocchiani schien nachzudenken. »Kann ich bitte ein Glas Wasser haben und eine Zigarette?«

Kroll verließ den Raum und kam kurze Zeit später mit einer Wasserflasche, einer Schachtel Zigaretten und einem Aschenbecher zurück. Rocchiani zündete sich hastig eine Zigarette an und rauchte in tiefen Zügen. Dann sah er die Polizisten an.

»Was können Sie mir bieten?«

»Über Ihre Strafe wird letztendlich ein Gericht entscheiden. Ich verspreche Ihnen, dass wir in alle Richtungen ermitteln und ein faires Verfahren. Die Strafzumessung unterscheidet sehr genau zwischen Haupttäter und einem Mitläufer. Es geht um Ihre Zukunft, Herr Rocchiani.«

Kroll schaltete das Mikro aus. »Herr Rocchiani, es ist zweifelhaft, ob Ihre Aktion von heute tatsächlich als versuchter Mord anzusehen ist. Vielleicht hatten Sie es sich ja schon anders überlegt, als wir uns Ihnen in den Weg gestellt haben. Die Waffe war noch in Ihrer Manteltasche. Wir werden sicherlich zu diesem Vorgang befragt. Es kann gut sein, dass auch wir den Eindruck hatten, dass Sie vorbeigehen wollten. Unserer Aussage wird ein entscheidendes Gewicht zukommen, und wir haben kein gesteigertes Interesse daran, einen Mitläufer an den Pranger zu stellen. Uns geht es um den eigentlichen Drahtzieher.«

Kroll schaltete das Mikro wieder an. »Also?«

Paolo Rocchiani räusperte sich, bevor er fortfuhr. »Von Anja«, sagte er leise. »Anja hat mir die Waffe gegeben.«

»Wann hat Anja Ihnen die Waffe gegeben?«

»Heute Morgen im Hotel.«

»Und, was sollten Sie mit der Pistole anstellen? Was hat Anja Rocchiani Ihnen für einen Auftrag erteilt?«

Paolo sah die Polizisten entgeistert an. »Ich verstehe nicht.«

Kroll verhörte Rocchiani weiterhin in ruhigem Ton. »Was sollten Sie mit der Waffe machen? Sie müssen doch irgendeine Anweisung bekommen haben.«

»Ich sollte damit zu Frau Kleefisch gehen. Anja hat mir gesagt, dass sie im Rosenthal auf der Bank wartet.«

»Und dann?«

Rocchiani zündete sich eine weitere Zigarette an. »Ich möchte doch lieber die Aussage verweigern.«

»Gut«, bestätigte Kroll.

»Erzählen Sie uns, warum Sie immer noch engen Kontakt zu Ihrer ehemaligen Frau haben? Sie hatten sich vor langer Zeit getrennt.«

»Ich liebe sie immer noch. Ich habe sie immer geliebt, all die Jahre.« Paolo drückte die Zigarette aus und knetete ein Taschentuch, das er aus seiner Hosentasche hervorgekramt hatte. »Vor ein paar Monaten sind wir uns wieder nähergekommen. Natürlich nur heimlich. Luther sollte nichts davon erfahren. Sie versprach mir, dass sie Luther bald verlassen werde. Sie würde schon seit Langem nichts mehr für ihn empfinden. Sie wollte auf den passenden Moment warten, sich von ihm zu trennen. Auch wollte sie ihn noch ein bisschen ausnehmen, für unseren gemeinsamen Traum, das Leben auf einer italienischen Insel. Ich habe ihr geglaubt.« Er lachte bitter. »Ob das alles stimmt, weiß ich nicht. Aber ich wollte es glauben und will das vielleicht noch.«

Er suchte fast Hilfe ringend den Blickkontakt zu Kroll und Wiggins.

Die Kommissare machten eine kurze Pause und setzten das Verhör routinemäßig fort. »Wir haben Ihnen erzählt, dass mit der Waffe, die wir in Ihrer Manteltasche gefunden haben, Peggy Großkreutz getötet wurde. Was wissen Sie darüber?«

Wieder dieser flehende Blick. »Davon weiß ich nichts. Das müssen Sie mir glauben. Damit habe ich wirklich nichts zu tun.«

»Und Marko Großkreutz? Was können Sie uns über den Mord an Marko Großkreutz erzählen?«

Paolo steckte das Taschentuch in seine Hosentasche und griff mit zitternden Händen nach der Zigarettenschachtel. »Es war vor der Veranstaltung mit Martin. Wir haben die letzten Feinheiten erledigt. Hier und da ein bisschen am Sound justiert und die Lichtanlage gecheckt. Anja kam zu mir und bat mich, mit ihr kurz hinter die Bühne zu gehen. Wir gingen zusammen in den Bereich unter der Bühne. Dort waren wir ungestört. Zuerst gab sie mir einen leidenschaftlichen Kuss und erzählte mir, wie verrückt sie nach mir sei und das alles bald vorbei sein würde. Dann gab sie mir einen dicken Umschlag. Sie versprach mir, dass ich es nur für uns tun sollte und dass sie mir alles später erklären würde. Sie beschrieb mir einen jungen Mann, dem ich den Umschlag geben sollte. Er wartete vor der Arena.«

»Wie hat sie den Mann beschrieben?«

Rocchiani lachte bitter. »Ziemlich eindeutig: Jung, verwahrlost, dunkle Kleidung, viele Piercings und Tätowierungen. Er wartete direkt neben der Litfasssäule vor dem Haupteingang. Jeder Irrtum war ausgeschlossen.«

»Was war in dem Umschlag?«, wollte Kroll wissen.

»Ich habe ihn nicht geöffnet. Aber es war bestimmt Geld drin. Viel Geld.« Paolo zeigte mit Daumen und Zeigefinger einen Abstand von sechs Zentimetern. »Das war so ein dickes Bündel.«

»Und dann?«

»Ich habe dem Typen den Umschlag gegeben und ihm gesagt, dass er von Anja ist. Der hat ihn genommen und ist weggegangen. Ich bin dann in die Arena. Anja hat auf mich gewartet und nur gefragt, ob alles klargegangen ist.« Er machte eine Pause. »Das war alles.«

Kroll beendete das Verhör. »Herr Rocchiani, wir müssen Sie leider hierbehalten.«

Er gab dem Polizisten, der vor der Tür stand, ein Zeichen.

Vor dem Hotelzimmer im WESTIN standen zwei uniformierte Beamte der SEK.

»Wie ist die Lage?«, begrüßte sie Kroll mit einem Lächeln.

»Die Dame drinnen ist ziemlich ungeduldig. Hat wohl schlecht geschlafen«, scherzte einer der Kollegen.

Kroll und Wiggins gingen ohne anzuklopfen in das Hotelzimmer. Anja Rocchiani rannte wie von der Tarantel gestochen auf sie zu. »Was bilden Sie sich ein?«, schrie sie hysterisch. »Sie behandeln unschuldige Bürger wie Gefangene. Das wird ein Nachspiel haben, darauf können Sie sich verlassen. Mein Anwalt wird Sie in der Luft zerreißen. Wenn der mit Ihnen fertig ist, können Sie froh sein, wenn Sie noch den Verkehr regeln dürfen.«

»Sie setzen sich bitte hin, und zwar sofort«, wurde Kroll bestimmend.

Anja baute sich mit verschränkten Armen vor

den Polizisten auf und schnaufte wie ein wilder Stier durch die Nase. »Sie haben mir gar nichts zu sagen, Sie haben mich wohl nicht richtig verstanden. Mein Anwalt …«

»Hinsetzen!«, wurde Kroll laut.

Krolls aggressives Vorgehen schien Anja zu verunsichern. Widerwillig setzte sie sich hin und sah ihn mit provokantem Blick an.

»Ich nehme an, wenn Sie von *Ihrem* Anwalt reden, meinen Sie einen gewissen Dr. Maschek.«

Anja zuckte gleichgültig mit den Schultern. »Wenn Sie meinen.«

»Ihr Plan war anfangs gut durchdacht. Man gibt einem Drogensüchtigen Geld für den Auftragsmord an Marko Großkreutz. Der Täter, Ricco Dünkel, hat eine geringe Hemmschwelle, ist aufgrund seiner Drogensucht vermindert schuldfähig, und mit einem Staranwalt wie Maschek wird es eine glimpfliche Strafe geben. Sehr verlockend für einen Junkie, der dringend Geld braucht.«

Anja Rocchiani schien sich gefangen zu haben. Sie lächelte künstlich. »Schöne Geschichte, und das können Sie beweisen?«

Kroll nickte. »Wir wissen, dass Sie Ihrem Ex- oder Nochmann Paolo kurz vor dem Mord an Marko Großkreutz Geld gegeben haben, das der an eine Person weitergereicht hat, deren Beschreibung ziemlich genau auf Ricco Dünkel passt.«

Anja war verunsichert. Selbst ihre Schauspielkunst schien sie verlassen zu haben. Sie versuchte, überlegen zu wirken, es gelang ihr aber nicht. »Und woher wollen Sie das wissen?«

»Ihr Mann hat es uns erzählt«, antwortete Wiggins emotionslos.

Anja war sprachlos. Kroll wandte sich an Martin Luther. »Herr Luther, konnten Sie inzwischen nachvollziehen, ob Dr. Maschek Geld von einem Ihrer Konten erhalten hat?«

»Martin!«, fauchte Anja ihn an.

Luther sah nur kurz zu ihr herüber. »Das bringt doch alles nichts. Ich lasse mich nicht in deine Geschichten hineinziehen. Ich kann es immer noch nicht glauben. Hast du überhaupt keine Moral? Ich hätte nie gedacht, dass du über Leichen gehst.«

Anja hielt es nicht mehr in ihrem Sessel. Wie von Sinnen fuhr sie auf und fuchtelte wild mit den Armen herum. »Was hätte ich denn machen sollen? Der Alte hatte uns erpresst mit deiner alten Fickgeschichte. Du predigst immer nur von Gott und der heilen Welt. Aber das war die Realität. Du hättest doch nur zugesehen, wie die uns alles kaputtmachen, was wir uns mühsam aufgebaut haben. Du bist so ein jämmerliches Weichei.«

Martin Luther blieb erstaunlich ruhig. Vermutlich lag dies mehr an seiner Enttäuschung als an einer inneren Gelassenheit. »Nein, ich hätte nicht tatenlos zugesehen. Ich hätte dafür gesorgt, dass die Wahrheit ans Licht kommt. Und so ist es letzten Endes auch gewesen.«

»Sie haben meine Frage nicht beantwortet«, hakte Kroll nach.

»Maschek hat 100.000 Euro bekommen, von meinem Konto.«

Kroll öffnete die Tür des Hotelzimmers und gab den Beamten vom SEK ein Zeichen. »Frau Rocchiani, Sie sind vorläufig festgenommen. Sie stehen unter dringendem Tatverdacht der Anstiftung zum Mord an Marko Großkreutz, des Mordes an Peggy Großkreutz und des versuchten Mordes an Gerda Kleefisch.«

DIENSTAGMORGEN

Die Kommissare erhielten ein kurzes Schreiben von Rechtsanwalt Dr. Maschek, in dem er ›in der gebotenen Kürze‹ mitteilte, dass er das Mandat Ricco Dünkel niedergelegt hatte.

»Diese Ratte«, war Wiggins Kommentar. »Jetzt, wo er weiß, dass keine Kohle mehr kommt, hört der gleich auf zu arbeiten. Von so einem Berufsethos kann man nur träumen.«

»Es lohnt sich nicht, sich über diesen Schleimscheißer Gedanken zu machen«, bemerkte Kroll. »Der Typ bleibt uns länger erhalten, als uns lieb ist. Aber irgendwann kriegt der seine Quittung, man kann nicht sein ganzes Leben nur der Kohle unterordnen. Das geht irgendwann schief. Aber das ist nicht unser Problem.«

Kroll sah auf die Uhr. »Komm, wir müssen los.«

Sie brachten Gerda Kleefisch zum Bahnhof und verabschiedeten sich von ihr an den Gleisen.

»Vielen Dank, Sie haben uns sehr geholfen und waren sehr mutig. Sie haben sehr viel getan, was alles andere als selbstverständlich ist.

Ich hoffe, Sie können in Kirchhofen zur Ruhe kommen. Es waren ja außergewöhnliche Tage in Leipzig.«

Zur Überraschung der Polizisten war Gerda Kleefisch die Ruhe selbst. Die Ereignisse der letzten Tage schienen keine Spuren bei ihr hinterlassen zu haben. »Wissen Sie, meine Herren. Ich habe eine liebe Freundin zu Grabe getragen und habe geholfen, ihre Mörderin zu finden. Das war der letzte Dienst, den ich ihr erweisen konnte. Ich gehe mit einer gewissen Zufriedenheit zurück.« Sie lächelte. »Leipzig ist so eine schöne Stadt. Ich werde bestimmt wiederkommen. Ich habe nicht viel gesehen. Aber das nächste Mal möchte ich Sie nicht sehen. Ich hoffe, Sie wissen, wie ich das meine.«

»Schon verstanden«, lächelte Kroll und gab ihr zum Abschied die Hand. »Aber eines kann ich Ihnen versprechen. Wenn Sie das nächste Mal hier sind, sehen Sie uns wieder, zu einer persönlichen Stadtführung. Mein Kollege Wiggins ist ein wandelnder Stadtführer, und ich habe gute Freunde im Gewandhausorchester und im Thomanerchor. Wir werden Ihnen zeigen, dass Leipzig mehr zu bieten hat als Kriminalität und Verbrechen.«

»Donna nobis pacem«, erinnerte sie an die Komposition von Bach, die den Leipzigern während der friedlichen Demonstration 1989 so viel Mut gemacht hatte.

Kroll und Wiggins hatten noch eine Besprechung mit Staatsanwalt Reis in seinem Büro.

»Gute Arbeit«, begrüßte er seine Beamten. »Meinen Glückwunsch.«

Die Kommissare nahmen das Kompliment kommentarlos entgegen. »Was gibt's Neues?«

»Gegen Anja Rocchiani wurde Haftbefehl erlassen. Sie wird den staatlichen Einrichtungen lange erhalten bleiben. Und Pius Ratzenburg haben wir auch verhaftet. Freiheitsberaubung ist beileibe kein Kavaliersdelikt.«

»Und Martin Luther?«, fragte Wiggins.

Staatsanwalt Reis schüttelte mit dem Kopf. »Dem ist nichts nachzuweisen. Vermutlich ist er wirklich unschuldig, oder sagen wir besser ahnungslos. Er hat Leipzig heute Morgen verlassen. Um seine ehemalige Managerin scheint er sich nicht zu kümmern. Die bekommt einen Pflichtverteidiger, vermutlich einen Berufsanfänger, der Geld braucht. In den nächsten Tagen hat Luther eine Veranstaltung in Hannover. Der macht business as usual.«

Kroll konnte sich ein humorloses Lachen nicht verkneifen. »Vermutlich predigt er über Nächstenliebe, darüber, dass alle Menschen Sünder sind und dass jeder Rechenschaft vor Gott abgeben muss, und das fünfte Gebot.«

»Was war das fünfte Gebot?«, fragte der Staatsanwalt.

»Du sollst nicht töten.«

ENDE

Weitere Krimis finden Sie auf den folgenden Seiten und im Internet:

WWW.GMEINER-SPANNUNG.DE

ANDREAS STAMMKÖTTER
Totgetrieben

978-3-8392-1690-3 (Paperback)
978-3-8392-4657-3 (pdf)
978-3-8392-4656-6 (epub)

»Kroll und Wiggins ermitteln in einem weiteren Leipzig-Krimi der Spitzenklasse von Andreas Stammkötter. Schön, schaurig und fesselnd, wie die menschliche Seele.«

Zwei Leipziger Professoren, beide glänzende Psychoanalytiker, diskutieren die Aktualität der Freud'schen Thesen über den Liebes- und den Todestrieb eines Menschen. Einer der beiden behauptet, er sei in der Lage, den Liebestrieb eines jeden Individuums herunterfahren zu können. Dadurch würde der Todestrieb überhandnehmen und den Menschen zum Verbrecher machen. Beweisen will er diese Theorie an Cori Landmann, die zufällig in der Nähe sitzt. Eine scheinbar harmlose Wette folgt, die tödliche Konsequenzen hat …

GMEINER SPANNUNG

WWW.GMEINER-VERLAG.DE
Wir machen's spannend

ANDREAS STAMMKÖTTER
Goldkehlchen

978-3-8392-1380-3 (Paperback)
978-3-8392-4083-0 (pdf)
978-3-8392-4082-3 (epub)

»Der Thomanerchor in Aufregung: Das Grab Johann Sebastian Bachs ist geschändet worden.«

Im Umfeld des Thomanerchors ereignen sich seltsame Dinge: Das Grab Johann Sebastian Bachs in der Leipziger Thomaskirche wird geöffnet, die rechte Hand des Komponisten verschwindet. Am nächsten Morgen erkranken einige Chormitglieder und die österlichen Feierlichkeiten müssen erstmals in der 800-jährigen Geschichte der Thomaner abgesagt werden. Die Kommissare Kroll und Wiggins tappen zunächst im Dunkeln, bis sich zwei junge Sänger in die Ermittlungen einmischen …

ANDREAS STAMMKÖTTER
Messewalzer

978-3-8392-1126-7 (Paperback)
978-3-8392-3621-5 (pdf)
978-3-8392-3620-8 (epub)

»Ein rasanter Leipzig-Krimi
mit viel Lokalkolorit!«

Buchmesse in Leipzig. Die ganze Stadt fiebert der Präsentation des neuen Romans von Bestsellerautor Willi Lachmann entgegen. Doch die Lesung endet im Fiasko: Vor den Augen von mehr als 100 Gästen wird der Leipziger Autor kaltblütig erschossen.

Kommissar Kroll übernimmt die Ermittlungen. Der erste Verdacht fällt auf Lachmanns Verleger, zu dem der Schriftsteller offenbar nicht das beste Verhältnis hatte. Aber dann findet Kroll heraus, dass Lachmann mit Recherchen zu einem Mordfall beschäftigt war, der bereits 16 Jahre zurückliegt …

PETRA STEPS
Wer mordet schon im Erzgebirge?

978-3-8392-1965-2 (Paperback)
978-3-8392-5187-4 (pdf)
978-3-8392-5186-7 (epub)

DUNKELWALD Journalistin Adina Pfefferkorn sucht nach den Glanzpunkten des Erzgebirges. Das sächsisch-böhmische Mittelgebirge scheint idyllisch, doch das täuscht. Wilderer, Schmuggler, Jäger nach dem Bernsteinzimmer und andere Abenteurer werden magisch angezogen. Im Westerzgebirge wird eine Handschuhmanufaktur ausgeraubt, jemand macht sich an Annabergs Heiligtum zu schaffen und in Chemnitz verschwindet ein Gemälde. Elf Kurzkrimis mit 125 Freizeittipps präsentieren die Erzgebirgslandschaft von einer unbekannten spannenden Seite.